初対面ですが結婚しましょう
～お見合い夫婦の切愛婚～

初対面ですが結婚しましょう

～お見合い夫婦の切愛婚～

m a r m a l a d e b u n k o

黒乃 梓

マーマレード文庫

初対面ですが結婚しましょう

〜お見合い夫婦の切愛婚〜

プロローグ

いつかは結婚したいと思っていた。でもそれは今ではなく、もっと先のつもりだった。祖父から伯父伝いに持ちかけられる縁談話をすべて断ってきたのは、そういう理由もある。

今回は事情があったからこのお見合いを受けたわけで……。

私、廣松美幸はさっきから自分の置かれた状況に至るまでの経緯を振り返っていた。一流ホテルのレストランで着慣れない桜色の振袖に濃いメイク。向かいに座るのは、そこら辺のモデル顔負けの素敵な男性。涼しげな目元は冷たい印象を与え、色素の薄い焦げ茶色の瞳が私をじっと捉えている。

彼は灰谷貴斗さん。私の勤めるグループ会社『GrayJT Inc.(Japanese Gray Telecommunication company)』を代々一族経営する灰谷家の人間だ。私とは生きてきた世界も、見てきたものもまるで違う。今までもこれからも関わることのない人だ。

それなのに、どうしてこんな流れになったんだろう。

一度お見合いというものを経験してみようとポジティブに考えて引き受けたのが間違いだったのかな。胸が苦しくなるのはきっと着物のせいだけじゃない。

「ちょうどいい。もっとその先の経験もさせてやる」

まさかの相手の切り返しに事態は思わぬ方向に動き出した。結果のわかりきっているお見合いに、料理でも楽しもうと気持ちを切り替えたところだった。

「俺と結婚も経験してみないか？」

余裕たっぷりに提案され、私は瞬(まばた)きを繰り返した。プロポーズと呼ぶには声に緊張も熱っぽさもなにも感じられない。まるでビジネスの取り引きのように灰谷さんは淡々とお互いの結婚するメリットを告げる。

「俺は結婚になにも期待していないし、君にもなにも期待しない」

たぶん、この言葉が決め手だった。

いつかは結婚したい。でも誰でもいいわけじゃない。灰谷さんは申し分ないほど素敵な男性で、きっと私と別れてもその気になればすぐに新しい人が見つかるだろう。

「いいですね」

思わず笑顔になる。彼は、私が結婚相手に求める一番の条件を満たしていたからだ。

第一章　矛盾だらけのお見合い結婚

会社帰りにいつも立ち寄るスーパーに足を踏み入れると店内では冷房が効いていた。六月とはいえ湿度が高く蒸し暑い日が続いているので、無理もない。じんわりと滲(にじ)んだ汗が引くのがわかる。ホッと一息ついて目指すのはＡＴＭのコーナーだ。同じく仕事帰りのスーツ姿の人が何人か列をなしていたがすぐに順番はやってきた。

『廣松美幸』と印字された通帳をＡＴＭに挿入し、記帳のボタンを選択する。今日はこのために普段持ち歩かない通帳を鞄(かばん)に入れてきた。預け入れも下ろすこともしないので、あっという間に通帳は返ってくる。会社からの振込額と口座の合計額を見て、思わず笑顔になる。

今日は待ちに待ったボーナス日だった。社会人二年目、二回目のボーナス。通常の給与と合わせると今月の振込額はけっこうな額になる。

他社がどうなのかはわからないけれど、少なくとも学生時代にアルバイトをしていた頃に比べると大金だ。

やっぱり就職先って大事だな。

しみじみと会社の有り難みを感じる。私が就職したのは、本社をアメリカにおく世界有数の情報会社GrayJT Inc.の傘下にあるインターネット通信の子会社だ。技術職ではなく一般職だが、大手企業ということもあり待遇はそれなりにいい。

慎重に通帳を鞄にしまうと、軽い足取りで買い物カゴを手に取った。パンと牛乳はまだ残っているかな。今日は少しだけ奮発して家の近くのコンビニで新発売のデザートを買おう。ずっと気になっていた生プリンを食べる機会がやってきた。

今週末は美容院に行って、肩先にかかる髪を切ってからヘッドスパでもしてもらおう。

母譲りのくせ毛を縮毛矯正するとか、カラーリングなどをしてみたら、もっと軽やかな印象になるんだろうけれど、生憎ストレートにしたり髪を染めた試しはない。

おまけに身長は一五〇センチちょっとと高くないし、化粧っ気もあまりないから年齢より幼く見られることが多い。目は大きいわりにややたれ目なので友人からは『たぬきみたいな可愛さがあるよね』と喩えられた経験はあるが正直、どう受け取っていいのか微妙に悩むラインだ。

外見に関してとくに不自由は感じずに生きてきたものの、さすがに後輩もできたし社会人としてもう少し頑張った方がいい気がしている。

夏向けに発売したファンデーションと新色のリップくらいは買っても……。

あれこれ思い巡らせ、慌てて首を振る。贅沢はよくない。身についた必要以上の質素倹約は社会人になっても健在だ。

最低限の買い物を終え、マイバッグを片手に自宅を目指しているとアパートの前に見慣れぬ車が停まっていた。誰かの来客だろうかとちらりと視線を送る。そのタイミングで突然運転席から中年の男性がドアを開けて降りてきたので心臓が跳ね上がった。

「美幸」

さらには名前を呼ばれ、驚きが隠せない。中年太りという言葉がぴったりの体型で、眼鏡をかけており鼻下に生えている髭が特徴的だ。

「……伯父さん」

思いがけない相手に呆然とする。

「突然、悪いね。何度か電話したが出なかったから」

彼は父の兄、廣松憲一さんだ。電話だけのやりとりは何度もしているが実際に会うのは昨年ぶりになる。たしかにここ数日、彼から着信があったがタイミング悪く取り損ねていた。かけ直すのを躊躇っていたら、こんな展開になるとは。

「今日は、どうされました?」

尋ねる一方で、相手の用件がなんなのかおおよその見当はついている。自然と強張った声になると伯父は苦笑した。

「そう警戒しないでくれ。電話だと埒が明かないと思ってね。とりあえず話を聞いてもらえないかな。父も心配していた」

電話ならともかく実際に会ってしまうと、突っぱねることもなかなかできない。立ち話もなんなので、と言われ荷物を一度部屋に置きに帰ってから、伯父の車で近くのファミレスへ移動する流れになった。

珈琲しか頼まない伯父に対し、私は迷いつつパスタとサラダのセットを選んでガッツリ夕飯にする。店内はエアコンが効いていて、肌寒いほどだ。

平日なのもあって満席にはほぼ遠く、女子会で盛り上がっている団体から一番遠い席を陣取った。

伯父はこちらの様子を探りつつ近況をそれとなく聞いてくる。仕事内容から始まり、休日の過ごし方など無難なものばかりで、なかなか本題に入らない。

食事をしていた私は自分のタイミングで切り出した。

「あの、電話でもお伝えしましたが、私の意思は変わりません。結婚はまだ当分先でいいと思っているので、お気遣いは有り難いのですが伯父さんからおじいさまにお伝えください」

先手必勝といわんばかりに、はっきりと伝えられた。しかしそこは伯父も予想していたらしい。

「付き合っている男性がいるのか？」

変化球に対応できず、デッドボールを食らう。むせそうになるのをなんとか免れたもののどうしても動揺が顔に出てしまった。

「いませんよ！　そういうことじゃないんです。まだ働き出して二年ですし、もっと社会人経験を積んでからでも……」

この手の話題に慣れていないのもあって必要以上に強く否定してしまう。しかしよく考えれば、二十歳も超えた社会人なら恋人くらいいてもおかしくないんじゃない？　むしろいない方がいろいろ言われてしまうのでは？

そうはいっても嘘をつくのも忍びない。

相手の反応を窺うと、伯父はどこか安堵めいた表情を浮かべた。

いや、期待を持たせるわけにはいかない。

「あの、私は……」

「頼む。会うだけでかまわないんだ」

私の言葉を遮り、伯父は差し迫った顔で続ける。

「美幸の気持ちもわかっている。けれど、今回は事情が事情なんだ」

自分の父親と同年代の男性に頭を下げられるのはどうも居心地が悪い。ひとまず私はわざとらしく大きくため息をついた後、彼の言い分を聞く姿勢を見せた。

私には両親がいない。正確には、高校進学を控えた中学三年生の春休みに両親が交通事故に遭って、私は突然ひとりになった。

両親は詳しく話してくれなかったが、ふたりは駆け落ち同然で結婚したらしく、私は祖父母や親戚の存在など両親以外の血の繋がりをまったく知らずに生きてきた。

ところが、皮肉にも両親のお葬式で父がいいところの家の出身だという事実を知ることになった。父の父、つまり私の祖父は誰もが名前を知っているパソコンの大手開発製造会社『廣松テクノ株式会社』の社長だったのだ。

父方の祖父母や伯父、伯母、従姉妹たちと初対面を果たすもののとくに感慨深さはない。母は元々天涯孤独だったそうで、父はそんな母との結婚を反対されたから駆け落ちという手段を選んだそうだ。

内心で納得する一方で私は初めて会う親戚を警戒した。ここで相手方が母の悪口でも言おうものなら間違いなく私の中で彼らに会った事実や存在を消すところだが、そこは時が解決していた。

むしろ今までなにもしてあげられなかったからといろいろ申し出があったほどだ。とはいえ高校は全寮制だったし、学費も免除になったので書類や保証人関係などをお願いして、あとは自分で頑張ってきた。

本来、アルバイトは禁止だったけれど事情を聞いた担任の先生から知り合いの店を紹介され、放課後そこでアルバイトをして生計を立てた。

大学にも行くことができ、こうして就職もしてひとりで生きていけるようにもなった。本当に周りに感謝しないといけない。

しかし、大学を卒業して就職したのとほぼ同時に祖父から縁談話を幾度となく持ちかけられるようになったのは予想外だった。祖父なりに私を気遣ってのことだと理解できる。『苦労してきたのだから早く結婚して家庭に入り、何不自由のない生活を送って幸せになってほしい』というのが祖父の考えだ。

苦労してきた覚えもないし、今も自分なりに幸せな生活を送っている。けれど、残念ながらそんな言い分は祖父には通用しないらしい。

紹介される相手は祖父のお墨付き(すみつ)きで仕事も地位も申し分ない。でも最初からこちらが仕事をやめて家庭に入るのが前提なのは、どうなんだろう。そこは祖父の価値観だからしょうがないのか。

　相手のことを聞くだけで息が詰まりそうで、結局すべて話を持ちかけられた段階で断り、会うに至った人はいない。

　それに反して、昨年体を壊し入退院を繰り返すようになった祖父は今まで以上に伯父経由で縁談話を持ちかけてくるようになった。

　祖父といってもほとんど関わりがなく過ごしたため、べつにそこまで義理立てする必要はない。けれど父が亡くなった後、初めて会ったときから祖父には罪滅ぼしのようによくしてもらい、気にかけてもらってきた。弱っている祖父を無下にもできず、こうやってのらりくらりとかわしてきたのだ。

「元々は咲子に来た話なんだが、見合いはしないと言い張ってね。父の古くからの友人でこればかりはすげなく断るわけにはいかないんだ」

　気まずそうに切り出した伯父に、私は目をぱちくりとさせる。

　伯父には私よりふたつ年上の娘がいる。いつも自信に満ちていて気が強いと感じるところもあるが、年が近いのもあってなにかと私を気にかけてくれる存在だ。

　私にもこれだけ縁談話が持ちかけられているのだから咲子さんも同じだろう。

「咲子さんに来たお話なのに、相手の方が納得しませんよ」

「問題ない。先方は、咲子が幼い頃に会っていたからたまたま名前を覚えていただけで、お孫さんを、と言ってきたんだ。父も納得している」

それとなく断ろうとしたのに早口に切り返される。伯父は我に返ると、咳払いをひとつして調子を戻した。

「先方には上手く言っておくからとりあえず会ってくれないか。どうしても嫌なら断ってくれてかまわない。ただ本当に美幸には申し分のない相手で……」

伯父の思惑が少しだけ見えてきた。同じ断るにしても、相手との関係を考えたときに自分の娘に断らせて立場を悪くするより私が断った方が角が立たない。祖父の会社を継ぐのはゆくゆくは伯父だろうし、その点私に下手なしがらみはないから。

しばらく葛藤する。望まれていないお見合いなんて誰がしたいと思うんだろう。けれど必死さの滲む懇願めいた伯父の表情を見ると、なんだか居た堪れない気持ちにもなった。

結局、肩を落とし渋々承諾する。あくまでも会うだけなら、断ってもかまわないならこれも人生経験と割り切ろう。ある意味、気負わなくてもいい分、気楽に臨めばいい。今まで男っ気がまったくなかったから、お見合いどころか男性とふたりで会うのも初めてだ。いい体験になるかも。

どうしても生理的に受け付けない相手だったら、上手くやり過ごしてさっさと帰ってくればいいし。

だから、このお見合いを受けるのは伯父や祖父のためじゃない。自分で決めた。改めて言い聞かせて決意を固める。誰かのせいにはしない。

私の返事で急に機嫌がよくなった伯父は見合いの概要について饒舌に語りだす。

『美幸もいつかたったひとりの運命の人に巡り会えるわ』

不意に母の言葉が頭を過ぎる。それは難しいかもしれないと、私は心の中で苦笑した。

七月に入り梅雨明けが待ち遠しい今日この頃。日が昇れば容赦なく上昇する気温が、今日は雲に太陽が隠れているおかげで幾分か涼しく感じる。

お見合いの話を受けた二週間後、私は朝から伯父の家に来ていた。立派なドレッサーの前に座り、鏡に映る自分を見て、久しぶりに着物を着た緊張感も合わさり本日何度目かわからないため息をつく。

伯父から見合い話を持ちかけられたとき、先に相手についてもっと聞いておけばよかった。せめて名前だけでも。どんな男性でも同じだと高を括っていたからばちが当たったのかもしれない。

お見合いを承諾した後、伯父から聞いた相手の名前に私は衝撃が隠せなかった。

灰谷貴斗さん、二十七歳。灰谷という名字は珍しいほうだと思うけれど私には馴染みがある。私の勤めている会社 GrayJT Inc. の社長の名字も灰谷だった。

まさかと思い伯父に尋ねると、やはり彼の父親は GrayJT Inc. の現社長だった。

腑に落ちたのと同時に、まさかの展開に眩暈を覚える。

まったく無関係の赤の他人なら当初の予定通り人生経験と割り切ってお見合いに臨めたのに、直接ではないにしろ仕事絡みで繋がりがあるのだから、そう気楽に構えていられない。

下手をすれば今後の人事評価にも関わってくるかもしれない。それどころか職場にいられなくなるなんてことも……。

慌てて伯父に事情を話すと『共通の話題があってよかったじゃないか』と呑気な回答が返ってきた。温度差に愕然とした後、脱力する。

そうか、この人は私の就職先も覚えていなかったんだ。べつに姪の職場までいちいち記憶していないだろう。

過去の社内報を確認すると灰谷貴斗さんの写真はすぐに見つかった。彼はグループ会社の経営戦略の中核としてアメリカの本部と連携を取りながら日々忙しくしているらしい。まさに会社の未来を担う存在だ。同じグループ会社とはいえ、子会社で働く下っ端社員の私とはこの先も関わるどころか顔を合わせる機会もなさそう。

さらにはその容姿も別格だった。芸能人やモデルと言っても誰もが信じるような端正な顔立ちで、涼やかな目元に、すっと伸びた鼻筋。なにもしていないと思われる黒髪は少し色素が薄くサラサラなのが写真でも伝わってくる。きつく結んだ薄い唇は、おそらく地なのか、冷たい印象を与えた。それなのに一目で惹きつけられる。

「断った私が言うのもなんだけれど、灰谷さんは美幸ちゃんにはもったいないほどのお相手よ」

声をかけられ我に返る。鏡越しに見ると、咲子さんが背後から私の髪を丁寧に編み上げている。

今日のお見合いのために、私は従姉の咲子さんにあれこれ見繕ってもらっている。提案したのはもちろん伯父だ。私のためというより自分や祖父の立場を考えて、中途半端な格好はさせられないということだろう。

着物を着付けてくれたのは咲子さんの母親で、淡い桃色の布地に八重桜が描かれた柄は派手すぎず上品にまとまっている。象牙色の帯と合わせて煌びやかな金彩が施され、和装に詳しくない私でも、それ相応の代物だと判断できた。

これらはすべて咲子さんのもので私の好みや意見などは反映されるわけもなく、私には派手すぎるのでは……というのも口には出せない。借りる身としてはおとなしくされるがままだ。

「美幸ちゃん、前も言ったけれどもう少し髪のお手入れに力を入れたら？　みっともないわよ。着物に合わせてアップにしておくから」

「あ、はい」

咲子さんは私の癖のある髪をひとまとめにし、手首をひねって慣れた手つきでアップにしていく。彼女の髪は私とは対照的に艶のある落ち着いたブラウンカラーで、髪先までしっかりと手入れされていた。不意に私は口を開き、鏡越しに尋ねる。

「咲子さんはどうしてこのお話を受けなかったんですか？」

灰谷さんは容姿も経歴も申し分のない人だ。私には身に余るほどだが、咲子さんにはきっとお似合いだ。どうして断ったのか。気になっていた質問を本人にぶつけると彼女は顔色ひとつ変えずに答える。

「彼が三男だからよ」

「え？」

思わぬ回答に私は聞き返した。咲子さんは手を止めずに続ける。

「GrayJT Inc. は世界的に見ても大きな会社で魅力的だけれど、お相手の貴斗さんは三男で長男の宏昌(ひろまさ)さんが跡を継ぐの。宏昌さんなら考えたけれど、結婚されているみたいだし」

さらりと理由を述べる咲子さんに私は目を白黒させる。咲子さんは灰谷さんが三男と知って、お見合いどころか写真さえ見ていないらしい。

彼女のオレンジ色のルージュで彩られた唇が弧を描いた。

「どちらかといえば、先方の方がこのお話に期待していたんじゃないかしら？　おじいさまの跡を継ぐのはうちの父だから」

ゆくゆく会社は娘の咲子さん、もしくは彼女の夫になる人物のものになる。

そういうことだったのかと納得する反面、冷静に考えると今の自分の立場がとんでもなく不相応なのだと気づく。

これは単なる祖父繋がりの紹介なんかじゃない。会社同士が絡んだ立派な政略結婚だったんだ。

今になって気楽な気持ちでお見合いを引き受けたことを後悔する。けれど、もう遅い。咲子さんは、別会社の社長子息からもお見合いの話が来ていて、そちらを受けるつもりだと明かした。

土壇場でキャンセルできるはずもなく、伯父の運転する車の中で私の気持ちは落ち込む一方だった。私だと先方の意にそぐわないと胸の内を伯父に明かしたものの返答は『気にしなくていい』の一点張り。

しかし、その言い方はどこかぎこちない。やはり伯父もこのお見合いは両家の会社が絡んでいると自覚しているんだ。

唇を噛みしめるが、口紅が取れてしまったらと慌てて力を緩める。あっという間にお見合い場所であるホテル『グローサーケーニッヒ』にたどり着いた。

着物の裾に気をつけながらぎこちなく車を降りると、私は真っ直ぐにエントランスへ近づく。先方の意向もあって同行者はいない。心許ないと感じたのは一瞬で、私はさっさと伯父に背を向け、前を向いた。ずっしりと重い着物に、慣れない草履は足取りを重くする。けれど私は背筋を真っ直ぐに伸ばし、胸を張る。

さらされた項に生温かい空気が触れ、押されるようにホテルのエントランスへ足を踏み入れた。約束の時間は午後十二時で、今は午前十一時三十分。おそらく私の方が先に着いたに違いない。気持ちに余裕を持たせるためにも、私は待ち合わせのレストランへ向かう。

地下一階にあるレストランは、アクアリウムを壁沿いに設置し、まるで水族館さながらの内装で大きな話題を呼んでいた。

照明の落とされたレストラン内で、まずは中心にある円筒(えんとう)状の大きな水槽に目を奪われる。そこでスタッフに名前を尋ねられ、心を水槽に傾けたまま半(なか)ば無意識に答えた。すると思わぬ切り返しを食らう。

「廣松さまですね。お連れ様がお待ちです。こちらへ」

「えっ!」

思わず叫んでしまい、スタッフの男性もなにがあったのかと驚いた顔で私を見てきた。すぐに笑顔で取り繕い、後についていく。

てっきり私が先に着いたとばかりに思っていたから、待つ側から待たせている側へと急に立場が入れ替わり、動揺を隠しきれない。

待ち時間に気持ちを落ち着かせようとしたのに、計画が水の泡だ。

奥の半個室になっているテーブル席に案内され、私は相手の顔を見たが早いか頭を下げる。

「お、お待たせしてすみません」

「いや、こちらが早く来すぎたんだ」

低く落ち着いた声が耳に届き、ちらりと顔を上げると目に飛び込んできたのは写真で見た端麗な顔立ちの男性だった。ネイビーのシングルスーツに同系色のストライプ柄のネクタイは彼のクールな雰囲気とよく合っている。

とりあえず着席し、飲み物のオーダーを尋ねられる。こういったところではワインを頼むのが正当なのかもしれないが、生憎私はお酒が飲めない。その旨を伝えると、スタッフは嫌な顔ひとつせず、別メニューを差し出した。

無難にミネラルウォーターを注文する。とはいえそのミネラルウォーターでさえ何種類もあって目が回りそうだ。炭酸なしのオーソドックスなものを選び、オーダーを終えたスタッフが去っていったタイミングで私は彼に向き合った。

「は、初めまして。廣松美幸です」

慌ただしく挨拶すると、先方も灰谷貴斗だと名乗った。そして私は、彼に会ったらすぐに、正確にはお見合いが始まる前に言わないといけないと思っていた言葉を早口で続ける。

「あの……ごめんなさい。私は祖父の会社のことはなにも知らないですし、今後関わる可能性もほぼありません。ですから会社との繋がりをお考えでしたら、この縁談はあなたのためにはならないと思います！」

一方的に捲し立て、心臓がバクバクと音を立てる。口の中が一気に乾いた気がした。いきなりこんな話を切り出して、不躾なのもいいところだ。けれどこれだけは最初にはっきりさせておかないと。

灰谷さんはどう思っただろう。失望したのか、呆れたのか。もしかしてこれで解散？　相手の顔が直視できずにいると、不意に彼の声が耳に届く。

「だから？」

「……はい？」

一瞬、聞き間違いを疑ってしまったので間抜けな返事になってしまう。見ると、灰谷さんはさして気にしていない様子だ。

「廣松テクノは立派な会社だとは思うが、特段興味はないな。そういった下心もない」

「そう、なんですか」

嘘をついているわけでもなさそうで、拍子抜けした私は目を瞬かせた。そこでスタッフが現れ、注文していたドリンクをグラスに注いでいく。灰谷さんはワインを頼んだらしい。ソムリエが産地や年代などを説明していくが、それを聞いたうえでも、きっと私は味の違いがわからない気がする。

ひとまず目の前に運ばれてきた前菜を口にしよう。自分の立ち位置をきちんと伝えなくてはと張り詰めていたので、そのミッションを無事にクリアし、どっと気が緩んだ。

料理を堪能できるくらいの余裕は多少なりとも生まれる。旬野菜の温サラダには生のイチジクが添えられていてソースにも使われているらしい。どんな味かと想像しつつ口に運ぶと程よい酸味に野菜の甘さが際立ち絶品だ。

舌鼓（したつづみ）を打って幸せを噛みしめていると不意に視線を感じて前を向く。すると灰谷さんが、ワイングラスを片手にこちらをじっと見つめていた。品定めとでもいうのか、鋭く色素の薄い瞳に射貫かれ、私はフォークを置く。

「それにしても、祖父同士の繋がりで結婚とか今でもあるんですね」

当たり障（さわ）りのない話題を振ると、灰谷さんは意外そうに目を丸めた。

「まるで他人事（ひとごと）だな」

「だって他人事ですから」

すかさず切り返す。祖父や伯父をはじめとする父方の親戚は、それなりの地位があり私にも同じ血が流れているが、言ってしまえば本当にそれだけだ。

って」

だから結婚までは、と続けようとしたのに思わず息を呑んで言葉を止めた。灰谷さんの口角が上がり魅惑的な微笑みを浮かべていたからだ。うっかり見惚れていると彼の形のいい唇が動く。

「ちょうどいい。もっとその先の経験もさせてやる」

一瞬、思考が停止してなにを言われたのか理解するまでに数秒を要した。その先？経験？

「俺と結婚も経験してみないか？」

彼の意図するところを汲む前に言い直され、にわかに自分の身に起こっている出来事が信じられない。いや、信じられないのは彼の言動だ。

「……えーっと、私の話を聞いていました？」

「聞いていたさ。でも君にとっても悪い話じゃないはずだ」

目をぱちくりとさせる私に対し、灰谷さんは余裕めいた表情だ。

「これで心配性の祖父からしつこく縁談話を持ちかけられないで済むし、花嫁姿を見せたいという希望も、いつかなんて不確定な話ではなく必ず叶えてやる。悪いようにはしない」

まるでビジネスの交渉事みたい。話は灰谷さんのペースで端的に進んでいく。

「仕事をやめる必要もない。結婚しても今まで通りに過ごせばいい」

これを魅惑的な提案だと思うほど私も割り切った人間じゃない。低く冷たさをわずかに孕んだ彼の言い方は、どう考えても結婚を申し込むトーンじゃなかった。

「灰谷さんは、好きな人や結婚したい方はいらっしゃらないんですか？」

「いたらこんな話を君に持ちかけたりしないさ」

それもそうだ。けれどこの先、そんな人が現れる可能性だって……。

「俺は結婚になにも期待していないし、君にもなにも期待しない」

念押しするようにきっぱりと宣言され、私の脳内は静まり返る。

「もちろん、君がゆくゆくは恋人を作って好きな相手と結婚したいと言うなら」

「いいえ」

続けられた灰谷さんの言葉に、頭で考えるよりも先に声が出ていた。わずかに驚いた顔を見せる彼に、私の絡まっていた思考がひとつの場所に収束する。

今度は自分から視線を合わせて彼を見据えた。そして軽く笑みを浮かべる。

「いいですね……いいと思います。私、あなたと結婚します」

打って変わった私の回答に灰谷さんがわずかに目を見張った。

彼の提案をふざけていると一蹴できるほど結婚に夢も憧れもなければ、彼との結婚で得られるメリットを理知的に計算できるほどしたたかでもない。

きっと、こんな簡単に結婚を決めるのは間違っている。愛も恋もなければ、お互いのことをほぼなにも知らない。完全に割り切った関係。

でも、それでいいのかもしれない。灰谷さんの言葉で思い出した。両親のような結婚はとっくに諦めていたし、するつもりもない。

両親が亡くなってから、無意識に他人と距離をとるのが当たり前になっていった。誰かに頼る選択肢もなく、ひとりでもやっていけると必死に自分に言い聞かせ、ここまで生きてきた。

恋愛の仕方なんて知らない。誰かを求めようとも思わない私が恋などできるはずもなく、これからもできるとは思えない。結婚だって元々は両親の願いがあったからで、父や母みたいな相手を切望する恋愛結婚は私には無理だ。

だったら、いっそのこと最初から割り切っている結婚がいいのかもしれない。パートナーとでもいうのかな。

結婚相手とは、お互いを尊重し一緒にいて不快にはならず、適度に心地いい関係を築けたら十分だ。それでいて、異性として好きになったりはしない。矛盾しているけれど譲れない。それを彼なら叶えてくれるかも。

　これが、私が結婚相手に望む一番の条件だった。


　迎えに来た伯父に首尾を尋ねられ、灰谷さんとの結婚を決めた旨を伝えると、驚いたような安堵めいた複雑な表情を浮かべた。

「そうか、それはよかった。美幸、おめでとう」

　自分に向けられた言葉なのに、なんだかむず痒（がゆ）い。そっか、結婚っておめでたいことなんだよね。灰谷さんと結婚を決めた経緯を考えると、現実と自分の心の中との温度差をどうしても感じてしまう。

「幸二（こうじ）も……清美（きよみ）さんもきっと喜んでいるだろう」

「……うん」

　両親の名前を出され、わずかに胸が苦しくなった。ちくりと小さな棘（とげ）が刺さったような感覚。それを慌てて振り払い、私は胸に手を当てた。

　改めて、灰谷さんの顔を思い出す。実際に会うと写真で見るより髪も瞳の色もわずかに色素が薄く感じた。凛（りん）とした整った顔立ちは文句なしに目を奪われる。

　けれど、どこか近寄りがたくて冷たい雰囲気だった。そんな彼と、私は結婚することを選んだ。お互いの利益と結婚に対する価値観を考慮したうえでの書類上だけの婚姻関係。

大丈夫。私の決断をきっとお父さんとお母さんならわかってくれる。

心の中で言い聞かせ、私は走る車の背もたれに体を預けた。

第二章　知って近づき心乱れる新婚生活

お見合いから帰ってきた日は、走馬灯のように灰谷さんとのやりとりが頭を駆け巡る中、横になった。予想以上に緊張していた体は休息を欲し、翌日、日が高くなるまで私は眠った。

起きると昨日の出来事が夢だったのではないかと錯覚しそうになったけれど、スマホに残った登録したばかりの灰谷さんの着信履歴を見て、現実なのだと思い知る。

これから、どうなるんだろう。そんな私の不安をよそに、結婚話はあっという間に進められた。すべての段取りは灰谷さん側が行い、私は都合を聞かれて彼の指示通りに動くだけ。

出社して仕事をこなして帰宅するという日常の合間に灰谷さんのご両親に挨拶に行き、アパートの解約手続きや引っ越しの手配など目が回りそうになった。

新居は彼のマンションに私が引っ越すという形で決着がつき、不満というほどではないにしろこうして私だけが引っ越しの準備に追われているのだと思うと微妙に腹が立つ。

ただ祖父のお見舞いに一緒に行ってもらえたのはよかった。先に伯父から聞いていたとはいえ実際に私たちを前にすると祖父は目を細め、嬉しそうに祝いの言葉を述べてきた。婚姻届の証人欄にはりきって記名する祖父を見て、これで少しでも祖父の心労が減って回復に向かってくれるといいと願う。離れていた時間も長かったし、孫娘として接してきた覚えはほとんどないにもかかわらず、あそこまで気にかけてくれていたんだと思うと胸が熱くなった。

同時にうっすらと罪悪感に包まれたのも事実で、改めて愛や恋はなくても灰谷さんとできるだけ上手くやっていこうと決意する。

一方で、灰谷さんとはこうやって何度か会ったものの、やはり印象は初めて会ったときとあまり変わらない。とくに打ち解けることもできず、彼は仕事が忙しいみたいで、用事が終わればすぐに会社に戻っていく。おかげで会話も最低限でプライベートな話などまったくしていない。

そんな状況で、一応大安を選んで私たちは婚姻届を提出した。もっと感慨深くなるのかと思ったけれど、まったくもって感動も実感もない。灰谷さんにとっても事務手続きの一環のようなもので、結婚ってこんなあっさりしたものなんだと逆に拍子抜けする。

なんの感情も抱いていない相手だから無理もないのかな。

そしてお見合いしてから一ヶ月も経たないうちに私は灰谷さんの住むマンションへ引っ越すことになった。

七月の最終週の週末、太陽がアスファルトを照り付け熱を閉じ込めている。今にも湯気が上がりそうで、高層ビルでできた濃い影との境界線は昼と夜との線引きにさえ見えた。

ここら辺は比較的新しい開発地で、地価はそれなりにすると聞いたことがある。そこに建つ高級マンションが私の新しい家になるのだから、どうしても落ち着かない。

立派なエントランスホールはホテルのフロントさながらの造りで、今の自分の格好も合わさって場違い感が否めない。挙動不審気味の私に、受付に待機していたコンシエルジュが優しく声をかけてくる。名前と部屋の番号を告げると、年配の男性コンシエルジュは奥のエレベーターの場所を示した。案内されるままにエレベーターに乗ってひとりになり、ホッと息を吐く。

先に業者に荷物を運んでもらっているので、私の荷物は大きな旅行鞄ひとつ。身は軽いのに足取りは重かった。

エレベーターに備えつけの鏡に映った自分の姿を無意識に確認する。丸襟の淡いピンク色のトップスにデニムのジーンズと動きやすさ重視の格好だ。髪は無難にまとめ上げているものの化粧も必要最低限。

もう少しお洒落をするべきだった？　でも、今日は荷ほどきもあるし、なによりこれから一緒に住むなら、あまり無理しても……。

自問自答しているとあっという間に目的階に到着し、私は指定された部屋番号の前までやってきた。一応、先に鍵は渡されているけれど礼儀としてインターフォンを押す。

仕事が忙しいからいないかもしれないと灰谷さんは言っていた。その場合、結婚したとはいえほぼ見知らぬ私が勝手に部屋に上がり込むという事態になる。それはそれでどうなんだろう。

悶々としていると中からロックが外れる音がした。そっとドアを開けて中を窺うと、予想通りスーツ姿の灰谷さんが呆れた顔でこちらを見ていた。

「鍵を渡していただろ？」

「そう、なんですけれど、ここは灰っ、貴斗さんの家ですし」

中に入りゆっくりとドアを閉めて私は彼に向き合う。

「美幸の家にもなるだろ」

ぎこちない私とは違い、彼はさらりと名前を呼んだ。ご両親へ挨拶に行く手前、お互いを名前で呼ぶことになったもののまだ慣れない。貴斗さんはさりげなく私のスーツケースを持って先へ進む。こういうところはさすがというべきかそつがない。

ひとりで住んでいるとは思えないほどの部屋数と広さだった。私の荷物が運び込まれていた場所は、ゲストルームだったのかベッドが先に用意されていた。ひとまず寝室は別だと暗に示されていて、複雑な気持ちになりつつそっと胸を撫で下ろす。この結婚はあくまでも便宜上のものだ。

休む暇もなく、残りの部屋を説明される。最後に奥にあるリビングに案内され、私は部屋をきょろきょろと見渡した。

全体的にモノトーンでまとめられ、革張りの黒いソファにグレーのラグは一歩間違えたら閉塞感をもたらしそうなのに、開放的な大きな窓と白を基調とした床が合わさりまるで外国の映画にでも出てきそうなほど洗練されている。逆に言えば生活感がまったくない。それは他の部屋も同じだった。

ここで彼と暮らしていくなんてやっぱり想像しづらい。

「貴斗さん、今日からよろしくお願いします」

改めて頭を下げ挨拶すると、貴斗さんも「ああ」と軽く返してくれた。そこで私は彼に言いそびれていたことを思い出す。

「あの、貴斗さん。その……おじいさまが戻られて結婚式の段取りがまとまるまで、私たちが結婚していることは会社で伏せていてもかまいませんか？」

どうしてか、そこで貴斗さんは意外そうに目を白黒させる。

「……なにか不都合でもあるのか？」

そう言われると一瞬、責められている気持ちになる。けれど彼が純粋に不思議がっているのが伝わってきたので私は正直に答えた。

「不都合というほどではないんですが、必要以上に注目されたり、あれこれ言われるのはできれば避けたいところでして……」

この結婚の発端となった肝心の貴斗さんのおじいさまが、今は仕事で外国にいるので結婚式などは彼の帰国を待って行う話になった。隠し通すのは無理だし、いずれは公になるとはいえできれば平穏な日々は長い方が有り難い。

私の職場はGrayJT Inc.グループの子会社のひとつではあるが、直接貴斗さんと関係があるわけではない。そうはいってもグループの総帥である灰谷家の人間と結婚したと知られれば、いろいろ邪推されるのは目に見えている。

「わかった、人事には手を回しておく」

「ありがとうございます」

貴斗さんの返答に人心地がつく。とりあえずの懸念事項はクリアした。

彼が用意した婚約指輪と結婚指輪も挨拶のときにしか身に着けておらず、普段使いするには恐れ多いほどの代物なのは一目瞭然だった。貴斗さんは指輪をつけていないし、私もはめていない。彼の妻として行動するときだけで十分だと思うから。

そのときインターフォンが鳴り、不意打ちに心臓が跳ね上がる。一方、貴斗さんは相手を確認することなく平然とロックを解除した。来客の予定があったのなら教えてほしかったのが本音だ。誰が来たのか尋ねようとする前にリビングのドアが開く。

現れたのは貴斗さんと同い年くらいの男性だった。

「鍵を持っているんだから、いちいち鳴らすことないだろ」

「そうは言っても、奥さんとは初対面になるんだから一応、礼儀をだな……って、廣松？」

自分の名前を呼ばれびっくりする。そしてまじまじと現れた男性の顔を見つめ、私は声を上げげた。

「小島先輩？」

驚いたのは向こうも同じらしい。彼は小島悠太。大学時代のゼミの先輩で、たしか大学院に進学したと聞いていた。

大学生のときは茶色に染めてゆるくパーマをかけていたのに、今は短い黒髪を刈り上げていて、久しぶりに会ううえに髪型がまったく違っていたので全然気がつかなかった。

「久しぶりだなぁ。って、なんでお前がここに？　もしかして……」

小島先輩の視線の先が貴斗さんに向けられる。貴斗さんは腕を組んでやや不機嫌そうに頷いた。

「そうだ。彼女が俺の妻だ」

貴斗さんの回答に少しだけ照れてしまう。ところが、その余韻などまったく与えることなく小島先輩が私に詰め寄ってきた。

「マジ!?　そうなのか、廣松。お前、学生時代もまったく浮いた話ひとつなかったのに、最終的に行きついた相手がこいつなんて……」

「い、いろいろ事情がありまして」

結婚に至った経緯を話すのが面倒で、私はお茶を濁す。しかしそれは小島先輩の勢いに拍車をかけただけだった。

「なんだ、金か？　顔か？　それともGrayJT Inc. の三男坊だからか？　こんな生活能力皆無で無愛想な男と……」

　嘆かわしいと大袈裟に振る舞う小島先輩に私は苦笑する。昔から彼は後輩の面倒見がよかった。とくに私は両親を亡くしている事情もあって、必要以上によく気にかけてもらっていた。

　気を取り直した小島先輩が貴斗さんに大学時代の後輩だと私との関係を説明する。今度は私の番だ。

「小島先輩と貴斗さんはどういったご関係なんですか？」

「いわばハウスキーパーってやつ？」

　答えたのは小島先輩の方だ。しかし回答が予想外すぎる。

　なんでも貴斗さんのお父さんと小島先輩のお父さんが昔からの知り合いで、自分のことを顧みない貴斗さんを心配し、父親経由で様子見も兼ねて週に一度ここに顔を出してほしいと頼まれたんだとか。

　家事が得意な小島先輩は、大学院の合間を縫って、ついでに部屋の片付けなど溜まった家事をこなすのが定番化しつつあるらしい。

　破格の時給だと小島先輩はにこやかに付け足す。

　そう言いながらも本人がいない間に家に入ってもかまわないというのは信頼関係が

あるからだ。

「で、結婚したんだし、俺はお役御免だろ？」

微笑ましくふたりを見守っていたが、どうやら本題はこれらしい。私は慌てて我に返る。たしかに今まで貴斗さんがひとり暮らしだったから先輩はここに来ていたわけで……。

「いや。今まで通り来てくれ」

目を見張ったのは私だけではなく小島先輩もだった。思わず口を挟んでしまう。

「あの、貴斗さん。私、そこまで完璧ではないかもしれませんが一通りの家事はできますよ。それに料理も」

「必要ない」

跳ねのけるような言い方に私は言葉を詰まらせた。その隙に貴斗さんが続ける。

「俺の食事を用意する必要はない。家事も今まで通りこいつに任せておけばいい」

「で、でも」

「時間だ。俺は会社に戻る」

取りつく島もないとはこのことだ。貴斗さんは高級そうな腕時計を確認し、さっさと部屋を後にした。何時に戻ってくるという予定を告げることもなく。

どっと項垂れていると、小島先輩が気まずそうに頬を掻く。

「あんま気にすんなよ。あいつ誰に対してもいつもあんな感じだから。付き合う彼女はモデル顔負けの美人ばかりなのに長続きしたためしもないし、とにかくドライなんだ」

フォローされたもののため息しか出てこない。改めてどういったなりゆきで結婚したのか尋ねてくる小島先輩に私は祖父同士の繋がりで……と説明した。

「いや、まさか廣松が廣松テクノのご令嬢だったとはなぁ。どちらかといえば苦学生そのものだったのに」

「ご令嬢とかやめてください。私は祖父の会社とは無関係ですよ」

やっぱりそういう反応をされるのかと口を尖らせる。ひとまず事情を理解した小島先輩が不意に神妙な顔になる。

「それで結婚ね、貴斗らしいわ。あいつも十分優秀なんだけれど、できる兄貴がふたりいる分、結果を出して当たり前の世界で生きてきたから。なんつーか、他人になにかしてもらおうとか期待することがないんだよ」

『君にもなにも期待しない』

お見合いの席で言われた言葉を思い出す。あれは突き放したというより彼の正直な気持ちなんだ。

小島先輩は咳払いひとつして調子を戻した。

「まぁ、いいんじゃね？　だって廣松、あいつに惚れてるわけじゃないみたいだし」

それは図星だ。とはいえ割り切りすぎている関係なのもどうなんだろう。せっかく結婚したのに。

「いいえ。これでも妻として貴斗さんと先輩の仲に嫉妬（しっと）してますよ」

茶目っ気を含めて答えると小島先輩がにやりと妖しく笑った。

「そうか。なら結婚祝いだ。俺の知っている範囲であいつのことをなんでも教えてやろう」

「えっ、いや。それはどうでしょう」

ほんの少しだけ心に迷いが生（しょう）じたものの私はやんわりと拒否する。本人のいないところで第三者からいろいろと聞くのはフェアじゃない気がした。

「今の廣松はあいつと対等どころかハンデがありすぎだろ？」

私の顔色を読んだ先輩に指摘され、ぐうの音も出ない。私はしばらく心の中で葛藤し、ここは先輩の優しさを素直に受け取る。

「……なら貴斗さんのことで、ひとつだけ教えてもらってもかまいませんか？」

仕事が忙しいのか、連日貴斗さんの帰りは遅かった。せめて挨拶をと思い彼の帰りを待ってはタイミングを見計らって顔を合わすけれど『おかえりなさい』と告げてから先が続けられず、会話らしい会話はしていない。

疲れているだろうし、引き止めても申し訳ないという気持ちもあったから余計にだ。

マンションに引っ越してきてちょうど一週間経ったある日、珍しく私が帰宅してからほどなくして貴斗さんが帰ってきた。

玄関の気配に気づき、着替えを済ませた私は勢いよく駆け寄る。

「おかえりなさい、貴斗さん」

声をかけると貴斗さんはやや驚いた顔をした。品格のあるスーツはまったくくたびれていない。

「夕飯は召し上がりました?」

「いや、まだだ。でも俺の分は……」

勢いに圧された貴斗さんに私は畳みかける。

「大丈夫です、わかっていますよ」

にっこりと微笑み、着替えたらリビングにいらしてくださいと告げる。顔には出さないよう必死に取り繕っているが、心臓がいつもより速く脈打っている。

ソワソワと大きすぎるソファの端に座って彼を待っていると、私服に着替えた貴斗さんが顔を出した。グレーの襟付きシャツに薄手のスラックスとシンプルな組み合わせだ。思えば一緒に暮らしているのに、彼の私服姿を見るのは久しぶりかもしれない。

つい食い入るように見つめていると、貴斗さんと目が合う。そこで私はこっそり気を引き締めて彼に近づいた。

「あの、実は小島先輩から貴斗さんが家ではレトルトや買ってきたものばかり食べているとお聞きしまして……」

窺いながら話題を振ると、案の定貴斗さんの眉尻がぴくりと上がる。小島先輩に尋ねた内容は『貴斗さんは普段、ここでどのような食生活を送っているのか』というものだった。

得られた回答は、貴斗さんは料理をまったくせず、仕事柄外食も多いがそれもすべては付き合いで、そもそも食べること自体に無頓着なんだとか。

たしかに最新のシステムキッチンは、家電も使われた形跡はほぼなくパントリーにはいくつものレトルト食品がストックされていた。これを用意しているのは小島先輩らしく、ハウスキーパーの立場ではあるものの貴斗さんの長年の食に関する適当さは、もうどうしようもないらしい。

その状況を聞いて、余計なお世話と承知のうえでいろいろと考えてみた。私は用意していた袋を手に取り、彼に差し出す。

「僭越ながら私の独断と偏見で、気になるご当地限定レトルトカレーをいくつか用意してみました！」

ジャジャーンという効果音がぴったりなシチュエーションだ。ところが貴斗さんはなにも言わず、目を見張ったままだ。

スベったお笑い芸人ってこういう感じなのかも。冷たくされるより無反応が一番堪える。

本当は手料理を用意しようかと思ったけれど、好みやアレルギーの問題もあるし、なにより必要ないと言われることをするのは、一歩間違えると相手の負担になるだけだ。善意でも押し付けられると、つらくなるときがあるのを私はよく知っている。

だからあくまでも貴斗さんの普段の食生活の延長線上で私にできることをと考えた行動だったんだけれど……。

居た堪れなくなり、私は無理矢理袋の中から一箱取り出した。

「これ、美味しかったですよ。おすすめです。他にも……」

ちらりと貴斗さんを見ると、どうも困惑気味だ。怒っているわけではなさそう。

「どうされました？」

「いや、まさかそういう行動をとられるとは思ってもみなかった」

少しだけ彼の纏う雰囲気がやわらぐ。ほんの一瞬、それまで張り詰めていた空気がかすかに和んだ気がした。おかげで私も素直に続けられる。

「もし気に入ったのがあれば、召し上がってください。私は部屋に戻りますね」

やっと伝えられたと肩がふっと軽くなる。ずっとどのタイミングで声をかけようかと悩んでいたので、よかった。悪い反応でもなかったし。

踵（きびす）を返して袋を机の上に置き部屋に行こうとすると、今度は貴斗さんから声がかかる。

「美幸は、もう夕飯は食べたのか？」

すぐに答えられず、返答に迷ってしまう。嘘をついてもしょうがないので、目を泳がせた後、私は白状する。

「まだですが……」

本当は貴斗さんが帰ってくる前に済ませておこうと思っていたが、そこまでの余裕はなかった。とはいえこの状況で正直に告げてしまったのも、どうなんだろう。

気を使わせてしまうかな？　もしくは彼と食べようと待っていたみたいに思われるかもしれない。

「なら一緒に食べたらいい」

あれこれ思い巡らせていたのもあり、すぐになにを言われたのか理解できなかった。

じっと見つめると相手も訝しげに視線を返してくる。

「どうした？」

「貴斗さんは、誰かと食事をするのがお嫌いなのかと」

「そんなことは言っていない」

そっけなく返されたものの疑問は深まる。

「じゃあ手料理が苦手なんですか？」

「いや」

「だったら、どうして……」

食事を共にするどころか、準備さえも断られていたのに。やっぱりものすごく偏食がひどいとか？　アレルギー？

「子どもじゃないんだ。食事くらい自分でなんとかできる」

「それはそうかもしれませんが……」

歯切れの悪い私に貴斗さんは軽くため息をついた。

「美幸も仕事をしているし、結婚しても今まで通りに過ごせばいいって言っただろ。料理や家事をしてもらおうと思って結婚したわけじゃない」

貴斗さんの言い方はストレートのようでどこかわかりづらい。だから、今もすぐに彼の意を汲み取れずにいた。

つまり貴斗さんが食事を用意しなくていいと言ったのも、結婚しても変わらずに小島先輩に来るよう告げたのも、私を拒絶したとかではなく、むしろ家事を負担にさせないために？

自分に都合のいい勝手な解釈かもしれない。でも、思わず笑みが零れそうになる。

貴斗さんなりの不器用な優しさだったんだ。

「どうした？」

不思議そうな面持ちの貴斗さんに私は微笑んだ。

「いいえ。お言葉に甘えますね。すぐに支度しますす。貴斗さん、どのカレーにしますか？」

「美幸に任す」

やはり食にこだわりはないらしく、わざわざ選ぶ気はないみたい。

私は袋の中身のラインナップにさっと目を通す。

「じゃあ貴斗さんには、このバナナぜんざいカレーを」

「ちょっと待て」

嬉々として選んだのに、待ったが入った。

「……なんでそんなものを用意したんだ」

「気になったので」

真顔で尋ねてくる貴斗さんに私も真面目に返す。すると貴斗さんはおもむろにこちらに近づき、私の持つ袋の中身を覗き込む。

自然と触れ合いそうな距離になり、心臓が早鐘を打ち出した。すぐそばに彼の整った顔があり、視線は下に向けられているもののどうしても意識してしまう。結婚したとはいえ今まで異性と縁のない生活を送ってきたのだからこれはもう仕方がない。

固まっている私に貴斗さんが選んだ一箱を差し出した。

「これにする」

「あ、はい」

貴斗さんが選んだのは私が最初に勧めたものだ。有名な老舗洋食店のカレーをレトルトにしている。私は逃げるようにキッチンに向かった。ちょうどご飯は炊いていたので、すぐに準備できそうだ。

せっかくなので自分用にと作り置きしていたサラダを一緒に出して、それなりの夕飯ができあがる。食器が上等品なのもありレトルトとは思えないお洒落さだ。

改めて貴斗さんと向き合い互いに席に着いた。

「美幸は、なにを選んだんだ？」

「バナナぜんざいカレーです」

貴斗さんは食べないんでしょ？　と付け足し、にこやかに答える。すると貴斗さんは私とは対照的に渋い顔になった。顔がいい人はどんな表情をしても絵になるから羨（うらや）ましい。

とりあえず目の前のカレーに意識を切り替え、スプーンでご飯とルーをすくう。肝心のルーはどちらかといえばとろみはなくサラサラで、アジアンテイストだ。

どんな味なのかとワクワクして口に運ぶと、ほどよいスパイシーさと甘さが絶妙で、ココナッツミルクの風味が効いている。

「あ、美味しい！」

もっと甘いかと思ったのに香辛料がそれぞれの主張を忘れずほどよい辛さがある。くせになりそう。もう一口とスプーンを動かそうとしたところで、貴斗さんがまだこちらを見ていたことに気づいた。

「どうされました？」

「嫌がらせで用意したわけじゃないんだな」

予想外の呟き(つぶや)に私はすぐさま反応する。

「そんなことしませんよ。嫌がらせだなんて、このカレーを真剣に開発して売り出した方に失礼じゃないです？」

「どう考えても話題性重視の商品だと思うが」

冷静な指摘に、それは否定できないと心の中で同意する。

「インパクトはありますよね。でも、この商品のバナナぜんざいってベトナムの『チェー』をイメージしているらしいですよ。私、チェーが好きなんです」

このカレーを選んだ理由は、名前のインパクトはもちろん私の好みもあった。

チェーは、ココナッツミルクをベースに小豆(あずき)やバナナなどのフルーツを入れて味わうベトナムの定番スイーツで、これを元にしたならこのカレーがバナナの甘みやココナッツミルクがベースなのは理解できる。一方、どこに小豆が使われているのかは私の舌では残念ながらわからなかった。

「そんなに気になるなら食べてみます？」

「遠慮する」

冗談混じりの言葉には、容赦のない返事があった。間髪(かんぱつ)を入れない拒否に私は苦笑する。

「もったいないですね。人生一度きりなんですから、いっぱい経験しておかないと。機会があったら貴斗さんも是非、チェーを召し上がってみてください」

いつなにがあるのかわからないというのは身をもって知った。だから両親の分もたくさんいろいろなことを経験しようと密かに心に決めていた。

「俺は美幸ほどチャレンジ精神旺盛(おうせい)じゃないんだ」

「でも、そのチャレンジ精神のおかげで貴斗さんと結婚したわけですから」

なにげない切り返しに、会話が止まる。こちらの真意を測りかねている貴斗さんに私は一度スプーンを置いて向き合った。

「貴斗さん。タイミングが合うときだけでもいいので、もしよかったらこうして一緒にご飯を食べませんか?」

「……なぜ?」

イエスかノーではなく、まずは理由を求めるのが彼らしい。

「今みたいにこうやって会話して、私は貴斗さんのことを少しでもいいから知りたいんです。せっかく結婚したわけですし」

　愛がない結婚だとしても一緒に暮らしていくなら、せめて信頼関係は築いていきたい。そのためには、まずお互いを知らないと。

「なら、今こうしてテーブルを共にして、美幸は俺のなにかがわかったのか？」

「え、いろいろわかりましたよ」

　どこか挑発めいた言い方に私は躊躇なく答える。むしろ狼狽を見せたのは貴斗さんの方だ。私は笑みを浮かべ人差し指を立ててひとつずつ挙げていく。

「貴斗さんが慎重かつ保守的だってこと。食事を誰かと共にすることや手料理が嫌じゃないってこと」

　そこで一拍間を空ける。私は彼を真っ直ぐに見つめた。

「そして、私を嫌ってはいないってことが」

　貴斗さんの瞳がわずかに揺れ、すぐに端正な顔を歪めた。

「嫌いな人間と結婚なんてしない。ただ、こちらになにかを期待するなと言わなかったか？」

「ええ。期待していないからこうしてお願いしているんです。それに貴斗さん、言いましたよね。結婚を経験させてくれるって。結婚ってもしかして婚姻届に記入することだけです？」

『俺と結婚も経験してみないか？』

お見合いの席で彼はそう私に持ちかけてきた。書類上だけの結婚なら婚姻届を記入して提出すれば終わりだ。でも、こうして私と一緒に過ごしてくれたってことは、少なくとも形式だけというわけではなさそうだ。

貴斗さんも自分の発言に思うところがあるらしい。迷いを見せつつ観念した表情になった。

「わかった。善処する」

ため息混じりに呟かれた一言に私の心はぱっと晴れる。それは声にも表れた。

「ありがとうございます！　あ、でも、無理はしないでくださいね。今まで当たり前だった生活をいきなり変えるのってすごく大変ですから」

慌てて付け足すと、貴斗さんは呆れた顔になる。

「矛盾してないか？」

「と、とにかくお互いに苦にならない程度に、って意味です」

強引に結論づけて、私は再びカレーを食べ進める。それからは少しだけ今後について話し合った。

貴斗さんのためではなく自分のために自炊するので、食事を一緒にするときは、私の料理を食べてほしいと。あくまでも貴斗さんの分はついでだと念押しすると、最終的に彼は納得した。

そして気づけば貴斗さんの方があっという間に食べ終え、先に席を立つ。

話すことに意識が傾いていたのもあり、私は手が止まりがちになっていた。心なしか焦ってしまい、まだ半分残っているカレーに集中しようとすると不意に隣に気配を感じる。

なぜか貴斗さんが私のすぐ横に来ていた。

「どうされました？　やっぱり一口食べてみます？」

すげなく返されると思いつつ口に運ぼうとしていたスプーンを彼の方に向け、わざとおどけてみせた。立っている貴斗さんに対し私は座っているので、かなり見上げる姿勢になる。相変わらず貴斗さんの表情から彼の考えは読めない。

「もらう」

ところが次の瞬間、思いもよらぬ行動を貴斗さんが取ったので心臓が口から飛び出そうになった。彼は私の右手首を摑(つか)んで固定したかと思うと、身を屈めスプーンに乗ったカレーを自(みずか)らの口に運んだのだ。

あまりにも優雅な身のこなしと予想外の展開に私の頭はフリーズした。

「ひとつ、訂正しておく」

「はい？」

呆然とする私に貴斗さんはかまいもせず続ける。彼の顔も、低い声もなにもかもが近くにあって、心臓が勝手に強く打ち出す。摑まれた腕から伝わる彼の体温や手の感触に息が止まりそうだ。

「俺は慎重な面はあるかもしれないが、保守的というわけじゃない」

おかげで内容が頭に入ってこない。でも彼の発言には覚えがある。

「……意外とうまいな」

回想に入る前に、彼が零した感想に私は脊髄で反応した。

「そう、思ったより食べやすいですよね！　もっと甘い味を想像していましたが、意外とスパイシーですし」

勢いよく私の感じたバナナぜんざいカレーの印象を伝える。熱くなる私に対し貴斗さんはどこまでいっても冷静だ。

「小豆はどこにいったんだ？」

「存在を主張せずに、きっと旨味として溶け込んでいるんじゃないでしょうか」

調子よくやりとりし、ようやく貴斗さんがなにを言いたいのかが理解できた。さっき、私が彼のわかったこととして挙げた内容だ。

『貴斗さんが慎重かつ保守的だってこと』

どうやらあれを訂正するため、言葉だけではなくこうして態度で示したらしい。その結論に達すると、急におかしさが込み上げてくる。笑いだす私を貴斗さんは不思議そうに見下ろしている。

「わかりました。貴斗さんの情報、正しく覚えておきますね」

貴斗さんはわずかに表情を緩めると私に背を向けた。皿をシンクに置く彼に後の片付けを申し出る。どうせまとめて立派な食洗器にかけるだけだ。自室に戻る貴斗さんを見送り、私はホッと息を吐いた。なんだかんだで、彼はサラダも全部食べていた。

それにしても結婚して家でふたりで食べた初めての食事が、はりきった手料理でも特別な食材を使った手の込んだものでもなくレトルトカレーだなんて。

でも、ホテルで食事をしたときより他愛ない会話をたくさん交わせた。

意外と彼との結婚生活は悪いものでもないのかもしれない。それに、さっき私が答えた後で貴斗さんはなにも返してこなかったけれど、心なしか顔が優しかった……気がする。

とりあえず気を取り直して私も食事を終わらせよう。彼が口をつけたスプーンをそのまま使おうとして今になって動揺が走る。まさか貴斗さんがあんな行動をするとは思わなかった。彼の不意打ちに私はカレーの味がよくわからなくなっていた。

八月に入るとエアコンの常時運転が欠かせなくなる。むしろ効きすぎている会社では、寒くてカーディガンを羽織るのが当たり前だった。

屋内外の寒暖差に体がついていかず、食欲が落ちて体調を崩しがちになるのは毎年の話。ところがこの夏は意外にもまめに食事をとって夏バテはしていない。

というのも、あれから貴斗さんとはタイミングが合えば、マンションで食事を共にするようになったからだ。

栄養と金銭面を考え、元々作り置きなどをフル活用するタイプなので、突然彼の分が必要になっても困ったりしない。むしろ私ひとりだとこの暑さで食べること自体が億劫（おっくう）になり、食事を抜いてしまう可能性もあるが、今は貴斗さんがいるので必然的にしっかりと料理して食べるのが習慣化し健康的に過ごせている。

ふたりで食事をするときは、どうしても私の方が喋ってばかりになってしまうが、貴斗さんも話を聞いていないわけではなく、時折相槌（あいづち）を打って自分の意見を返してくれる。

新婚カップルにしては甘い空気などないけれど、唯一ふたりで向き合って過ごせる時間が私は好きだった。

貴斗さんはこだわりがない分、嫌いなものもほぼないみたいでいつも私が作った料理を残さずに食べる。それも嬉しくなる要因のひとつだ。食べ方が綺麗なのも彼の育ちの良さを感じられる。

この結婚の始まりを思い出すと、最初は利己的で冷たい印象しかなかった。でも、それだけじゃない。融通が利かないという真面目さがそう思わせるのであって、彼にも優しいところがある。最近では、事前に予定がわかっているときは教えてくれるし。

今日もそうだった。朝、出かけるときに『いつもより早めに帰ってこられると思う』と言われ、食事の支度は初めから二人分用意している。

貴斗さんは肉よりは魚が好きだと言っていたので、カンパチのお刺身の盛り合わせを帰りがけに買ってきた。ちょうど旬で特売だったからだ。

あとは下準備をしておいたとうもろこしご飯に、作り置きの茄子とオクラのお浸し、れんこんのきんぴらとお吸い物と季節を意識したメニューにした。母が料理上手で、子どもの頃から一緒に台所に立つ機会も多くそれが今に活きている。

それにしても、こういうときってビールとかあった方がいいのかな？　私はお酒を飲まないけれど、貴斗さんはアルコールを嗜むみたいだし。好みを聞いておいてもいいのかもしれない。

こうやって誰かのためにあれこれ計画することは、結婚するまで久しくなかった。ソワソワと落ち着かず、どこかくすぐったい。

ところが八時近くになっても貴斗さんが帰ってくる気配はない。だいたい夕飯を一緒に食べられるときは七時前には帰宅しているのに。

なにか緊急の仕事が入ったのかも。もしくはトラブルとか。スマホを確認するものの連絡はなにもない。

気を紛らわせるように私は先に他の用事を済ませていく。けれど九時を過ぎても貴斗さんは帰ってこず、渋々と用意していた料理をしまってシャワーを浴びる。

いつもならホッとする瞬間なのに気持ちが落ち着かず、ゆっくりと湯船に浸かる気分にもなれない。早々にバスルームから出てリビングに足を運んだが、やはり彼が帰ってきた様子もなく、連絡もない。

大丈夫かな、貴斗さん。

髪を乾かしながら自室で意味もなくスマホを弄る。しかしなにも頭に入ってこない。

彼から連絡があった場合にすぐに気づけるために触っているようなものだった。時間ばかりが気になって、他のことが手につかない。

早く帰ると言ったのはあくまでも予定で、一緒に食事をとるとは一言も言っていないし、約束もしていない。だからいちいち私に遅くなると連絡する必要はないと思っているのかな。そもそも仕事でなにかあってそこまで手が回らないのかもしれない。

気になるのなら、こっちから連絡してみる？

『こちらになにかを期待するな』

ふとボタンを押そうとした手が止まった。

迷惑、なのかな？　こういうのも含めて。

胸の奥が締めつけられ呼吸が苦しい。さっきからキリキリと痛むのは、連絡がない状況や食事を共にできなかったことが原因じゃない。

前にも同じ経験をしたからだった。

『夕飯までには戻ってくるからな』

『美幸の好きなケーキ屋さんでお土産買ってくるわね』

普段は心の奥底にしまっている記憶に呑み込まれそうになる。いつもと変わらない日常。だから私も気に留めずに見送った。帰りが遅いのも車が混んでいるのか、用事に時間がかかっているんだって……。

そのときドアのロックが外れる音がかすかに聞こえ、慌てて部屋から飛び出し玄関に向かった。

そこにはスーツ姿の貴斗さんがいて、彼は私を見てわずかに目を見張る。何事かといった表情だ。

「あ、あの」

かけるべき言葉はそう多くないはずなのに頭が回らず、声も出ない。胃が焼けるように熱くてむせ返りそう。

「急なトラブルがあったんだ。連絡する余裕も」

途中で彼が言葉を止める。少しも視線を逸らさずに見つめられ、一瞬沈黙が走った。

どうしたのかと尋ねようとするのと同時に頬に冷たいものが滑り、自分のことなのに私は驚きが隠せなかった。指先で涙の跡に触れとっさにうつむく。

「わっ私、もう寝ますね。おやすみなさい！」

すぐさまこの場を後にしようと貴斗さんに背を向ける。

ほら、予想した通りだった。仕事が忙しかった、それだけ。彼は大丈夫だ。

頭ではわかっていても、このまま貴斗さんの前で普通にしていられる自信がない。

泣き顔まで見られてしまった手前、彼に余計な気を揉ませるのも嫌だ。これは全部私自身の問題なのに。

自己嫌悪に染まっていく胸を奮い立たせ、乱暴に手の甲で目元を拭おうとした。しかし、その前に手を取られ、引かれた勢いのまま私は振り返る。

「悪かった。早く帰るって言っておいて」

私の手を離さずに貴斗さんは真っ直ぐに告げた。言い方は淡々としているけれど、申し訳なさそうな表情に私の心が揺れる。彼がそんな顔をする必要はないのに。

「ち、違うんです。私が、私が勝手に……」

責めているわけでも、謝ってほしいわけでもない。そうフォローしないといけないのにそれ以上、続けられなかった。

水の中にいるみたいに、視界が滲んで息が詰まり、鼻の奥が痛い。張り詰めていたなにかが完全に切れて、溢れ出てくる涙を自分の意思では止められなくなった。

なんで泣くの？　なにが悲しいの？　わからない。自分でもはっきりさせられない。とにかく早く泣きやまないと。貴斗さんもきっと困っている。

唇をきつく噛みしめ、声を抑えるのに必死だった。呼吸さえも止めて神経を集中させる。だから背中に腕を回されたことにも気づけず、突然温もりを感じたかと思えば、私は貴斗さんの胸にすっぽり収まっている状態になっていた。

「余計な心配をかけさせた。でも大丈夫だ、ちゃんと帰ってきたから」

驚きで涙が引っ込む。けれどそれはほんの一瞬で、落ち着いた声色に再び涙が目尻から零れ始めた。

貴斗さんは私を抱きしめたまま、片方の手で私の頭を優しく撫でだす。まるで小さい子どもをあやしているかのよう。それでもいい。伝わってくる体温が心に沁みて、回された腕の力強さが乱れっぱなしの気持ちを落ち着かせていく。

私は無意識に貴斗さんと両親を重ねていたんだ。帰ってこないんじゃないか。なにかあったんじゃないのか。

不安で寂しくて苦しかった。

理解したところで涙は止まりそうにない。このままでは彼のスーツを濡らしてしまう。これ以上迷惑をかけないためにも早く離れないと。

頭の片隅でそう訴えかける自分がいるのに、上手く対処できない。腕の力が緩む気配はなく、私は一度強く目を瞑ると、なんとか気持ちを切り替えた。

おずおずと彼の胸から顔を浮かせ、距離をとろうと試みる。それに気づいた貴斗さんは頭を撫でていた手を止めた。

「す、すみません。帰ってきて突然……」

振り絞って出たのは、よれよれの声でなんとも情けない。いつもみたいに振る舞わないと。平気だって言わなきゃ。

「美幸が謝る必要はない」

声の調子を整え直す前に、貴斗さんが先に告げた。そして彼の手が私の頰に触れ、親指が目元を滑る。涙の跡を拭われ、思ったよりも優しい手つきにまた涙腺が緩みそうになるのを懸命に我慢した。

瞬きをすると涙が零れそうで、目に力を入れてじっと相手を見つめる。貴斗さんは相変わらず感情が顔に表れるタイプではないので、彼が今なにを思っているのかはわからない。

整った顔立ちは十分に魅力的で、今までどれくらいの人がこうして魅了されてきたんだろう。何人の女性をその目に捉えてきたのかな。

『付き合う彼女はモデル顔負けの美人ばかりなのに長続きしたためしもないし』

でも今、色素の薄い茶色の瞳の奥に映っているのは私だけだ。

いつの間にかお互いの額が触れ合いそうなほどに近づき、ごく自然にその距離感を受け入れていると貴斗さんがそっと離れた。

「これからは、予定が変わったら連絡する」

静かに提案され、私も我に返る。貴斗さんが触れていた箇所が空気にさらされ、化学反応を起こしたように急激に熱を帯びだした。心臓が存在を主張しはじめて胸が苦しくなる。けれど、さっきまでの痛みとはまた違う。

「む、無理のない程度でかまいませんから」

おかげで曖昧な返事になってしまった。少し落ち着いて改めて考えると、なんだかとんでもないことをしてしまった気がする。

大丈夫だと断るべきだったのかも。彼の手を極力煩わせない。そういう話で結婚したんじゃなかった？

ぐるぐると思考が同じところを回りだした。そのとき前触れもなく貴斗さんが私の髪先に触れたので、驚きで反射的に一歩下がる。

「ど、どうされました？」

なにかついてた？

探るように彼に触れられた髪先に自分の指を絡めて確かめる。

「美幸が髪を下ろしている姿を初めて見ると思って」

想定外の指摘に私は動揺が隠せなかった。まさか貴斗さんが私の髪型を気に留めているとは思ってもみなかったから。

たしかに初対面のときも髪をアップにしていたし、家でも基本的に髪は下ろさずにまとめている。もちろんあえてだった。

『もう少し髪のお手入れに力を入れたら？　みっともないわよ』

咲子さんの言葉が頭を過ぎる。手をかけたサラサラのストレートヘアとは程遠くて、なんとなく下ろす気になれなかった。

「私の髪……その、くせ毛で……」

しどろもどろに言い訳する。自分では気に入っているけれど、もしも貴斗さんにも咲子さんと同じように思われたら。貴斗さんの周りにいた女性たちもきっと……。

「こっちがいい」

沈みそうになった意識が浮上する。貴斗さんは再び私の髪先に触れ、真面目な顔で言った。あまりにもはっきりとした声だったのでほぼ無意識に尋ねてしまう。

「でも……みっともなくないですか？」

「なにがみっともないんだ？」

理解できないといった面持ちに、彼がお世辞や気を使って言っているわけではないのだと悟る。だから思わず口が滑った。

「この髪質、母譲りなんです。父は母の髪が好きだったそうで、母は腰辺りまで伸ばしていました」

『私は自分の髪があまり好きじゃなかったの。でもお父さんが好きだって言ってくれて……だから伸ばしてみようかなって』

『美幸の髪はお母さん譲りだな。きっと父さんみたいに好きだっていう人が現れるぞ』

照れくさそうに話す母の顔は幸せそうだった。幼い私の頭を撫でながら優しく話す父は嬉しそうで私も伸ばしてみようかな、そう思えた。

「でも、私はもう切ろうと思っていたところで」

慌てて言い足す。私は母とは違う。髪を伸ばすのはなにかと面倒だし、それに母みたいにこの髪を好きだって言ってくれる人も……。

「伸ばしたらいい。きっと似合う」

「え？」

過去と現実が入り交じり、すぐに反応できなかった。貴斗さんの顔をじっと見つめていると再度、彼が口を開く。

「無理にとは言わないが、美幸は伸ばしても似合うと思う」

貴斗さんの言い方はやっぱり淡々としていて、それが逆に私の頑なになっていた心にすとんと落ちてくる。そんなふうに言ってもらえたのは初めてだ。恥ずかしさにも似たこそばゆさが湧き上がり、頬が熱くなる。

私って考えていることがそんなにも顔に出ているのかな？

あまりのタイミングのよさにあたふたする。

それとも貴斗さんが鋭いだけ？

わずかに目線を下げると、私の髪に触れる貴斗さんの手が目に入った、さっきから彼になにげなく触れられるのが嫌じゃないのはどうしてだろう。こうやってすんなりと貴斗さんの言葉を受け入れられるのも。

「ありがとうございます」

お母さんが髪を伸ばそうと決めたのは、もしかするとお父さんとこんなやりとりがあったからなのかな。気持ちがようやく落ち着いて、ホッと肩を落とした。それと同時に、仕事から帰ってきたばかりの彼を長い間拘束していたことに気づく。

「すみません、お疲れのところを。夕飯は召し上がりました？」

「実は、なにも食べていないんだ」

なにげなく問いかけて、思わず目を見開いた。

「え、え？　なにか召し上がります？」

「そうだな」

軽く返事をされ慌てる。たしかにトラブル対応をしていたのなら食べている時間はなかったのかもしれない。

そこまで気が回らなかった自分を内心で叱責し、貴斗さんに夕飯のメニューを告げる。時間が時間なのでおかずだけでいいと言われた。

貴斗さん、私がなにも用意していなかったらどうするつもりだったんだろう？

私が料理するようになってからレトルトなどのストックも必要なくなった。

元々、食事や睡眠より仕事を優先する人だから、食べないつもりだったのかな。人のことは言えないけれど、貴斗さんはそういうところは適当だから。彼の体調が心配になる。何事も体が資本なのに。

口にすべきか悩んでいるとふと頭に温もりを感じた。

「最近は、いつも美幸がなにか料理してくれているから」

彼に伝えようとしていた内容など瞬時に吹き飛ぶ。やっぱり貴斗さんには私の考えなど全部お見通しなのかもしれない。顔を見られたくなくて不自然にならない程度に視線を下へずらす。

貴斗さんは私の動揺など知る由もなく、なにもなかったかのように私の頭から手をのけると「着替えてくる」と短く告げた。

ずるい。私にはなにも期待しないって言ったくせに。

恨めしく彼の背中を見つめ、ふと頭で考えるよりも先に口が動く。

「貴斗さん」

小さな呟きも、静まり返った廊下ではよく響く。案の定、私の声に反応した彼はこちらに振り向いた。その顔を見て今度はしっかりと目を合わす。

「おかえりなさい。今日もお疲れ様です」

さっきよりはややボリュームを上げた。これは、わざわざ彼の足を止めてまで言うべき内容だったんだろうか。また無表情で返されるかな?

「ただいま」

わずかに緊張していると彼の低くて余韻の残る声が耳に届く。貴斗さんはさっさと背を向けて自室に行ってしまったので、聞き間違いを疑ってしまいそうになった。

いつもは軽く一瞥するか、短く「ああ」と答えるだけだったのに。

貴斗さんの言葉や態度ひとつで胸が苦しくなったり、心がぱっと晴れやかになったりと翻弄されっぱなしだ。

でも『おかえりなさい』と言えるのがこんなにも幸せなことだったと思い出させてくれた。言葉を返してもらえる嬉しさも。

気持ちを持ち直し、足早にキッチンに向かう。早く支度しないと。

髪、伸ばしてみようかな。

あんなに冷たかった心はいつの間にか今はじんわりと温かかった。

第三章　結婚相手への甘え方

お盆に差し掛かってまとまった休暇に入った私とは違い、貴斗さんは忙しそうだった。ちゃんと休みがあるのかと疑ってしまうくらいに。

仕事に関して彼は家ではほぼなにも話さないので、私からも聞いたりしない。おかげで貴斗さんの抱(かか)えている仕事の大変さが具体的にどのようなものなのかは知る由もなく、きっと説明されても理解できない。

貴斗さんもそう思っているのかな。私と彼とでは立場が違いすぎる。

ただ体調を崩さないかと心配するだけの自分。一方、会話自体は以前よりも格段に増えた。

貴斗さんは予定が変わったときはもちろん、帰る前にも必ず連絡してくれるようになり、その結果、家で揃うときは一緒に食事をするのが当たり前になっている。

今もそうだった。

「貴斗さん。明日は私、用事があって出かけますが、夕飯までには帰ってきますから」

食べ終わる頃になり、明日は早朝に出社して帰宅した後は家で仕事をすると話す貴斗さんに、私はさりげなく告げた。こうしてお互いの予定を確認し合うのも、いつの間にか定番化している。

「わかった」

とくに気に留めていない貴斗さんに、少しだけ安堵する。

家で仕事をするなら、私がいない方が集中できるよね。

彼にとってもちょうどいいかもしれない。それに明日は小島先輩が来る日だから、なにかあっても大丈夫だろう。

使った食器をキッチンに運びつつ明日の服装や買い物の内容などを考える。天気予報では、降水確率一〇パーセントとおそらく雨は降らない。

ふと隣に気配を感じて視線を向けると、残りの食器を持ってきた貴斗さんがいた。いつもなら自分の分を下げた後、貴斗さんの分も含め、さっさと片付けるのだが、あれこれ考えていて気が回らなかった。

「す、すみません」

とっさに謝罪の言葉が口を衝いて出る。すると貴斗さんは軽く眉根を寄せた。

「なんで謝るんだ。俺も食べたんだから片付けるのは当然だろ」

それは、そうかもしれないけれど。

結婚前と変わらず私も正社員として働いているが、生活費はすべて貴斗さんが出している状況だ。折半とはいかなくても私も払うと言ったのに彼は聞き入れなかった。せめて食費くらいは、と思ったのに『買い物はこれを使え』とカードを手渡される始末だ。

そういった経緯もあるので料理はもちろん家事は率先してするよう心掛けている。

「貴斗さんには生活費などで甘えてしまっていますし、これくらいは……」

「甘えるよう言ったのは俺だ。美幸が後ろめたさを感じる必要はまったくない」

きっぱりと言い放つ貴斗さんに、どう反応していいのか困ってしまう。だって全部、自分でなんとかするのが当たり前だったから。

「ふたりでしたほうが早い。結婚したんだ、全部ひとりでしなくてもかまわない」

さらりと軽い口調だったのに、私の胸にはずっしりと重く響く。

いいのかな。甘えたり、頼ったりしても……。

心の奥がじんわりと温かくなり自然と笑顔になる。

「ありがとうございます。じゃあテーブルを拭いてもらえますか？」

「了解」

「あの、貴斗さん」

再び私に背を向ける貴斗さんのうしろ姿を見て、衝動的に声を上げた。

「どうした?」

踵を返し不思議そうに尋ねてくる貴斗さんに、私は幾度となく瞬きをし、短く葛藤する。

「……いえ、なんでもありません。お仕事お忙しいみたいですけれど無理なさらないでくださいね」

無難な返事に貴斗さんはなにか言いたげな面持ちになったが、結局なにも言わずテーブルへ向かう。私も運ばれた食器を、食洗器へセットしはじめた。

翌日、天気は曇りでどんよりとした厚い雲が太陽を覆っている。影が薄くすっきりとはしないが、真夏の日差しはキツいので出かける身としてはこれくらいがちょうどいい。

今朝は早起きして貴斗さんを見送った。『休みの日くらいゆっくりしておけ』と言われたが、せめて顔を見て送り出したい。

以前なら必要ないと一蹴されて終わっていたと思う。今はそこまで無下にされることも少なくなった。貴斗さん、根は優しくて真面目な人だし。

午前中は家の用事をして、お昼前に出かける。フリルのあしらわれた白いブラウスにキャラメルカラーのシフォンロングマキシスカートを組み合わせ、ブルーのリボンのかかった白い帽子をかぶる。

姿見の前でチェックし、そろそろ出かけようかと思ったとき、玄関のチャイムが鳴った。相手は確認するまでもない。

「よっ。元気してたか？」

「お疲れ様です、小島先輩」

ドアを開けると案の定、小島先輩の姿があった。七分丈のストライプシャツにスキニーパンツとシンプルな出で立ちで、少し日に焼けた気がする。

結婚した今も小島先輩はこうしてこの家を訪れるが、家事はほとんど私がこなしているので、することがなくなったと感謝なのか文句なのか区別できない感想を以前にもらった。

今ではハウスキーパーというより定期的に遊びに来ているといった感じだ。誰もいないときに勝手に家に入る真似はしないし、こうして私か貴斗さんのどちらかがいるときに顔を出すようにしているのは彼なりの気遣いだ。

「貴斗さん、もうすぐ帰ってくると思います」

小島先輩が尋ねる前に私が口を開く。先輩は頬を掻いて呆れた顔になった。

「あいつ、また仕事か。で、廣松はどっか出かけんの？　待ち合わせ？」

「いいえ、ひとりでちょっと……」

言葉尻を濁して答えると、先輩はわざとらしく憐れみを滲ませた表情を浮かべる。

「まったく。新婚なのに旦那は仕事で、ひとりで外出か。デートくらいしてもいいんじゃないか？」

一歩間違えば大きなお世話となりそうだが、先輩なりに私を心配してのことなので、下手に誤魔化しはしなかった。困惑気味に微笑むと大きくため息をつかれる。

「もっと貴斗にわがまま言ってもいいんだって。欲しいものあったらちゃんとねだれよ？　結婚したんだ。廣松は、幸せにならないといけないんだよ」

「ありがとうございます。でも、貴斗さんにはよくしていただいていますよ」

それは本心だ。しかし小島先輩はどうも納得できないらしい。

「よくって……そこに夫婦らしいことは含まれているのか？」

刹那、冷たいものが胸に刺さる。その正体がなんなのか、わからない。

夫婦らしいってなに？　それなりに心地いい関係を築けているのは事実なのに。

これ以上は望まない。望んではいけないんだ。

「……私、そろそろ行きますね」

結局、先輩の言葉になにも返せないまま視線を逸らして鞄を持った。自分らしくないと思いつつ玄関でリボンのついたミュールに足を通す。

「ちなみに、どこに行くんだ？」

「花屋です。それから――」

あ、その前にどこかでお昼を食べていこう。ちょうど気になっていたサンドイッチがメインのカフェとかいいかも。

先輩に答えながら頭の中でそんなことを考えた。

雲に覆われていた空の合間から太陽が顔を出し、ゆるやかに気温を上昇させる。カフェには行列ができていたが、並び出すとあっという間に順番が来た。おそらくテイクアウトもしているからなのか、店内は思ったより混んでいない。

カントリー調の内装は可愛らしく普段は絶対に室内を選ぶのに、珍しく私はテラス席を選択してモスグリーンのパラソルの下で一息つく。

道行く人をぼーっと眺めて、注文したサンドイッチを手に取った。野菜たっぷりのサンドイッチは、にんじんや紫玉ねぎ、かぼちゃサラダなどがサンドされ断面図はカラフルで見た目も楽しめる。

大胆に真ん中をかじると、野菜独特の苦味はほとんど感じずむしろ甘い。サワークリームがいいアクセントになっていて食べやすく美味しかった。

でも貴斗さんなら違うメニューを選んだだろうな。貴斗さんって、なんでも食べるけれど、意外と好みがはっきりしているし。

彼ならなにを選ぶだろうかと想像して勝手に笑みが零れる。

そういえば、貴斗さんはお昼をちゃんと食べたかな？

そこで我に返り、頭を振った。私がいちいち心配する話じゃない。それに食事をしながら、食べさせてあげたいとか、誰かを思うことなんてもうずっとなかった。長い間、ひとりで食事をするのが当たり前だったから。

自分の変化に戸惑い、セットのアイスジンジャーティーを飲んで落ち着く。時刻を確認し、私は立ち上がった。ここからが本番だ。

電車を乗り継いで移動し、馴染みの駅で降りると見覚えのある景色が開けてくる。昔からあまり変わらない下町の雰囲気があり、すぐそばにある商店街は歴史を感じさせた。いくつかシャッターが閉まっているが、お盆なのも関係しているのかも。

軒を連ねて店が並ぶ中にフラワーショップを見つけ、私は足を踏み入れる。ひんやりとした店内は、色とりどりの花が所狭しと並び、甘い香りを漂わせている。湿り気を帯びた空気は花屋独特で、私はあちこちに視線を飛ばした。

「いらっしゃいませ」

奥から若い女性店員が顔を出したので、私は自分の名前を告げる。

「予約していた廣松です」

「廣松さまですね、少々お待ちください」

笑顔で対応され、言い知れぬ気まずさを覚えた。いつもの癖で、旧姓で予約してしまったから。嘘をついたようなわずかな罪悪感。パスポートでもあるまいし、店にとっては私の本名など知る由もないしたいした問題じゃない。

私、本当にもう廣松じゃないんだよね。

会社でも旧姓を使用しているし、結婚後の名字で呼ばれることも使用する機会もほとんどない。

せめて今日くらいは結婚指輪をつけてくるべきだったかな。

貴斗さんからお見合いを終えてすぐに婚約指輪を、入籍するタイミングで結婚指輪を渡された。彼の気持ちというより立場を踏まえてだ。灰谷家の人間が結婚相手に指輪を贈らないという選択はきっとない。

その証拠に贈られたものは、値段を想像するのも憚られるほどの代物だった。嬉しいというよりついている宝石の大きさに慄いてしまったのは、失礼だったか。

とはいえ指輪を贈っておきながら貴斗さんは私が指輪をすることにこだわっていなかった。結婚しているという事実さえあればいいのだから当然か。貴斗さんも指輪をしていない。

だから私も普段、結婚指輪をはめずに過ごしている。おかげで貴斗さんとの結婚を職場でもプライベートでも周知せずに済んでいる状況なんだけれど。

逆に言うと結婚指輪が一番、結婚しているってわかりやすい示し方だよね。

「お待たせしました。ご確認ください」

店員に声をかけられ、慌てて意識をそちらに向ける。用意されていた細い花束は想像以上に素敵な代物だった。

店員の女性にお礼を告げ花屋を後にし、私は再び歩き出した。太陽がまた雲に隠れたのは幸いだ。慎重に花束を持ち、そっと顔を近づけるとほのかに甘い香りがする。

花の種類はひとつだけ指定して、あとはお店に任せていたけれど、色合いも素敵で大満足だ。――きっと喜んでもらえる。

「お父さん、お母さん。久しぶり」

十分ほどして辿(たど)り着いた先は、大きなお寺の敷地内にある墓地だった。ここの一画に廣松家縁者のお墓がまとまって並んでいて、そのうちのひとつに父と母は眠っている。

いいのか悪いのか、両親が亡くなったとき、祖父はふたりのために新しくお墓を用意してくれた。元々ある廣松家のものに納骨してもらえないのか、という憐れみの声が親戚から聞こえたりしたが、私はこれでよかったと思う。

下手に気を使うことなく、仲良くふたりでゆっくり眠れるのなら。

線香の香りが漂い、故人の好きだったものが供えられている。おそらく廣松家の人がお参りに来たのか、お墓も周りも綺麗に掃除されていて、私がする必要はなさそうだ。花立てに水を足し、持ってきた花束を活ける。

前にここに来たのは三月で、両親の命日とお彼岸を兼ねてだった。いつもと変わらないとりとめのない近況報告をしたけれど、今回は違う。前回から私を取り巻く状況は大きく変わった。

墓前で静かに手を合わせ、おもむろに目を閉じる。

「美幸」

弾かれたように顔を上げ、辺りをキョロキョロと見渡す。空耳？　ここには自分しかいないのだから、名前を呼ばれるわけがない。

「え？」

ところが今度は自分の目を疑う。墓地内のすぐそばの広い通りに、思いがけない人物が立っていた。

「え、え？　貴斗さん⁉」

私は慌ててそちらへ駆け寄った。確かめる気持ちで名前を呼び近づくと、やっぱり幻覚ではなく本物で、スーツ姿の貴斗さんがそこにはいた。

「どうされたんですか？　その前に、どうしてここに？」

珍しく息急き切った様子に何事かと逆に不安になる。仕事途中、もしくは仕事から帰ってきてそのままといった装いだ。なにかあったのか。

たまたま小島先輩には行き先を告げていた。彼から聞いたのは間違いないとして、一体どうしたんだろう。そこですぐに別の考えが浮かぶ。

「もしかして、小島先輩になにか言われたんですか？」

私に用事というより、私たちの仲を心配していた先輩が貴斗さんにあれこれ話したのかもしれない。

「いや」

貴斗さんは曖昧に否定するが、その歯切れの悪さからするとどうやら図星らしい。そうなると私としては申し訳なさが込み上げてくる。

「余計な気を使わせてしまったのならごめんなさい。でも恒例というか、いつもひとりでお参りするのが当たり前で、それで」

続きを言おうとする前に貴斗さんの手が頭に置かれる。帽子越しに手のひらの温もりが伝わり、自然と言葉を止めた。

「今はひとりじゃないだろ」

「で、ですが」

貴斗さんは忙しい人で、仕事も大変そうだし。私の事情に巻き込むわけには……。口にしたいことは山ほどあるのに上手くまとめられない。すると貴斗さんはわざとらしくふいっと視線を外した。

「言われたからってわけじゃない。ちょうどいいと思ったんだ。美幸の両親に挨拶できていなかったから」

思わず目をぱちくりさせる。私は彼の両親に挨拶したが、彼はしていない。当たり前だ。したくてもできるはずがなかった。故人なのだから。

ここを訪れた理由をそんなふうに結びつけると、つい噴き出してしまった。

「私、今から両親に結婚報告をするところだったんです。きっとお母さんもお父さんもすごくびっくりしていると思いますよ。娘が結婚したのも驚きでしょうが、相手がこんな素敵な人だなんて」

どこか重たかった空気は晴れやかになり、私は素直に貴斗さんを両親の墓前へ案内する。

「この花は？」

先ほど活けたばかりの花束の中で一際存在を主張しているのは、小ぶりの白い花だ。

「梔子（くちなし）ですよ。母が好きだったんです。なんでも父がプロポーズのときに一緒に贈った花だそうで……」

調子に乗った私は両親から何度も聞かされた話を意気揚々と貴斗さんに語っていく。

「花言葉に〝私はあまりにも幸せです〟って意味があるんです。他にも〝喜びを運ぶ〟とか」

立場や身分の差を考えて、母は父の交際の申し込みになかなか首を縦に振らなかったらしい。それでも父は母を諦めきれず、最終的には交際云々（うんぬん）をすっ飛ばしてプロポーズしてしまったんだとか。

その情熱にほだされたと母は照れくさそうに話していた。

そして身内の反対を押し切ってまで母との結婚を選び、たくさんのものを捨てた父だが、娘の私から見て父も母もいつも幸せそうだった。

愛し合っている両親でよかった。そんなふたりの娘で私も幸せだった。

気ままに家庭事情を口にして、ふと冷静になる。一方的に聞かれてもいないことまで喋りすぎてしまった。

反射的に謝罪しそうになり、改めて貴斗さんを見ると意外にも彼は穏やかな顔をしていた。

「いいご両親だったんだな」

笑っているとまではいかなくても、優しい表情になんとも言えない感情が湧き起こってくる。

「……はい」

私はぐっと唾液を飲み込み、気を取り直すと再び墓前で静かに手を合わせた。

だいたい決まった内容を毎回心の中で唱えるのに、今は両親にたくさん言いたいことや聞きたいことがある。

お父さん、お母さん。私、結婚したよ。お父さんやお母さんみたいに大恋愛をしたわけじゃないけれど、貴斗さんは優しくて真面目な人です。今日もこうしてここに来てくれて……私は大丈夫だから心配せずに見守っていてね。

心の中で手短にまとめている間も、隣に気配を感じる。ひとりじゃない。初めての感覚だった。

目を開けてちらりと横を窺うと、先にこちらを見ていた貴斗さんと視線が交わる。完全な不意打ちで、照れと驚きで私は目を瞬かせた。

「もういいのか？」

「あ、はい。ありがとうございます。貴斗さんがいらしてくださって両親もきっと喜んでいると思います」

それは確信を持って言える。父は娘が結婚するとなって、やはり少しだけ複雑な思いを抱いたりしたんだろうか。そんな父を宥める母の姿まで安易に想像できる。

「美幸は？」

「え？」

ところが、さらなる質問に私は戸惑った。なんのことか理解できずにいると、貴斗さんが神妙な面持ちで続ける。

「美幸は、どうなんだ？」

彼の静かな問いかけをゆっくりと咀嚼し、尋ねられている内容を導き出す。

「もちろん、私も嬉しいです」

父と母のような情熱的な馴れ初めもなければ、恋に落ちたわけでもない。お揃いの結婚指輪をつけたりもしない。

けれど私は貴斗さんと結婚してよかった。どんな理由でもこうしてわざわざ両親のために一緒に手を合わせに来てくれた。彼の優しさに心が満たされる。

この気持ちは、ふたりに全部伝わっていると思う。無事にお墓参りが出来てよかった。

「父と母に話を聞いてほしくなったら、ここか家族で住んでいたマンションの近くまで足を運んだりするんです」

そんな話をしながらお寺を出て、正門を背にする。貴斗さんにどうやってここまで来たのかと尋ねると車だと回答があった。

「私、このあとまだ寄るところがあるので、お急ぎでしたら貴斗さんは先に帰ってくださいね」

さりげなく切り出すと、しばし間があってから貴斗さんが躊躇い気味に返してくる。

「どこに行くんだ?」

「知り合いがしているカフェです。いつもお墓参りに来たら、顔を出すようにしているので」

それも含めて予定に組み込んでいたので、夕飯前に帰宅すると昨日は伝えていた。

貴斗さんにその旨を伝えようとすると、彼は意外な返答を口にする。

「俺も一緒に行ってもかまわないか？」

え？　と声にしそうになるのをすんでのところで堪えた。おかげで続ける言葉はやや早口になる。

「それはかまいませんが、貴斗さん、午後は家で仕事だって……」

忙しい彼がこうして両親のお墓参りに来てくれただけでも十分なのに、これ以上付き合わせるのは申し訳ない。

「今日の仕事は午前中で片付けてきた」

私の顔色を読んだのか、貴斗さんはきっぱりと答えた。時間ができたのなら、むしろ休んだほうが……。

そこで私は瞬時に考えを改める。

「貴斗さんもお疲れですよね。気が利かなくてすみません、休憩していきましょう」

自分のことばかりだったと反省する。貴斗さんが帰宅してゆっくりする間もなくここに来たのは格好や時間からしても明白だ。

歩いて十分ほどですからと補足してみるが、なぜか貴斗さんはなんともいえない表情になっている。その理由まで聞くこともできず、とりあえず私は先導するように歩き出した。

夕方に差し掛かる頃だというのに、空はまだ明るい。気温はそこまで高くはないもののじめっとした空気が肌にまとわりつく。

ちらちらと左側にいる貴斗さんを横目に見遣ると、私が先を歩いていたはずなのに気づけば彼の方が半歩先を進んでいる。だいたいの位置を伝えただけだが貴斗さんの足に迷いはない。下手すると私が置いていかれそうだ。

貴斗さんの横顔は、いつ見てもドキッとするほど整っていて、これればかりは、いつまでたっても慣れそうにない。気品があり同年代に比べると貫禄があるのは、彼を取り巻く状況や抱えているものから自然と備わっていったんだろうな。

住む世界が違い過ぎて、普通に生きていたらきっと私とは縁のない人だった。そう考えるとこうして貴斗さんの隣を歩いているのが不思議な気分になる。

……正確には隣じゃないか。

私が懸命に足を動かしているからついていけているだけで、もし足を止めたら、立ち止まったら、おそらく貴斗さんは私がいなくなったことに気づかないいんじゃないのかな。

それは今だけの話じゃない。この結婚自体、本人が心から望んだものではないんだ。目的を達成するための結婚。なら、その目的を果たした後は？

急に息苦しさを覚え、歩くペースを落とした。するとすぐに貴斗さんと距離ができる。このままだと離れてしまう。

言い知れぬ不安に心が覆い尽くされそうになった、そのときだった。

「速かったか？」

絶妙なタイミングで貴斗さんが歩みを止め、こちらを振り返った。口から心臓が飛び出しそうになり、驚きで胸の鼓動音が大きく体中に鳴り響く。

「っ、大丈夫です」

声の調子がおかしくなったが、気にしていられない。早く歩き出したいのに、貴斗さんはまじまじと私を見つめてくる。

「どう、されました？」

極力、平静を装って尋ねたものの内心ではまだ動揺が収まらない。

「美幸のそういう格好を見るのは初めてだな」

さらに心臓が大きく跳ね上がる。どういう意味なんだろう？　貴斗さんの言葉をどう受け取っていいのか悩む。

もしかしてどこか変？

外なのにもかかわらず化粧は最低限だし、貴斗さんがきっちりスーツを着こなしているのに対し、私は少しお洒落したものの普段着に近い。

貴斗さんと初めて会ったときは咲子さんが化粧も格好も綺麗にしてくれていたから、そのギャップを感じているとか……。

「よく似合っている」

悶々としていたのが、貴斗さんの一言ですべて吹き飛んだ。貴斗さんは真面目な顔で改めて私と視線を合わせる。

「初めて会ったときより今の方がよっぽどいい。美幸らしくて」

こういう場合、お世辞だとさらりと流すべき？　でも貴斗さんはそんなことを言う人じゃない。

「ありがとうございます」

声が小さくなってしまったのは気恥ずかしさからだ。それと同時に嬉しくて。

貴斗さんといると、心が揺すぶられてばかりで全然落ち着かない。それは彼の言葉が良くも悪くも真っ直ぐだから。

緊張して、苦しくなって、切なくて。でも、こんなに温かくもなる。

「美幸？」

声をかけられ、立ち止まったままだったと気づく。慌てて少し先を行く貴斗さんに追いつこうと再び横に並び、すみませんと告げる前に前触れもなく左手がとられた。

反射的に手を引っ込めそうになったけれど、触れる指先に貴斗さんの温もりを感じて受け入れる。

「次は気をつける。でも美幸も無理するくらいなら言えばいい」

どうやら私が足早についていっていたのを気にしているらしい。

戸惑いが隠せず繋がれた手と貴斗さんの横顔を交互に見た。あからさまに狼狽しているのは私だけで貴斗さんは平然としている。

「無理だなんて……」

「美幸だけが合わせる必要はない。俺が美幸に合わせてもいいんだ」

いつものように否定しようとして途中で言葉を止める。その代わり繋がれた手に力を込めて握り返した。貴斗さんはかすかに笑みを浮かべ、いささか歩調を緩める。

貴斗さんにとって、こんなことはなんでもないのかもしれない。

『俺と結婚も経験してみないか？』

ああ言ったから気を使ってくれている？　だから合わせてくれるの？

それでもいい。今だけでもいい。どうかこの手を離さないで。

この人と結婚するって自分自身で決めたんだから。


あっという間にお目当ての場所に辿り着いた。年季の入ったレンガ調の建物は汚れと劣化で色落ちし、蔦が這っている。敷地内には様々な植物が自生も合わせて生息し、まるで魔女の館だ。けれどここはれっきとした喫茶店で三十年以上にわたり、多くのお客を迎えている。

それは今も変わらず、木製のドアを押すと鈴が鳴り来客を知らせる。店内はエアコンが効いていて体感温度が一気に下がった。

「こんにちは」

辺りを見渡して声をかけると、中にいた年配の女性が私を見てぱっと明るい顔になった。

「美幸ちゃん？」

まさに孫を見つめるかのような面差しに私は頭を下げる。

「峰子さん、お久しぶりです」

彼女はこの店『ガーデニア』の店主、山村峰子さん。小柄で白髪交じりの髪をお団子頭にし、丸い眼鏡は峰子さんのトレードマークだ。

変わらない彼女に、いつもここに来ると安堵の気持ちが押し寄せる。

「あらあら、久しぶり。清美ちゃんにますます似てきて。お墓参りの帰りかしら？……って、そちらの方は？」

久々の再会を喜んだ勢いのまま峰子さんは貴斗さんの存在を尋ねる。

「えっと、実は」

「灰谷貴斗です。一ヶ月ほど前に彼女と結婚したんですが、ご挨拶が遅くなってしまい申し訳ありません」

私の言葉を待たず、貴斗さんが淀みなく挨拶をした。目を大きく見開いた私に対し、峰子さんは驚きで目を丸くする。そして満面の笑顔になって私に向き直った。

「そうなの、美幸ちゃん？　おめでとう！　よかったわねー。とても素敵な人じゃない。清美ちゃんも幸二さんもとっても喜んでいるわ。本当によかった」

あまりの嬉しさに涙が滲んだのか、峰子さんは目元を拭っている。座って、座って！　と勧められ、私たちは一番奥の端の席に腰を下ろした。

貴斗さんに先にメニューを譲る。といってもそこまで種類も多くないし、貴斗さんはコーヒーを選ぶだろうと予想する。

こういうとき、定番のものを選ぶんじゃないかな。貴斗さんって意外と基本から外さないタイプだし。

「美幸は決めているのか？」

メニューに視線を走らせている貴斗さんを正面から眺めていると、不意に声をかけられ彼を見ていたのがばれたのかと、どぎまぎする。

「はい。私はいつもベトナムコーヒーなんです」

店主の峰子さんの趣味で、普通のコーヒーなどの他に東南アジアのメニューも用意されている。どのメニューもお墨付きでコーヒーに至っては、豆はもちろん挽き方や淹れ方にまでこだわっている。

「なら俺も同じものでいい」

「え、いいんですか？　甘いですよ？」

ベトナムコーヒーでいいのかと確認する意味も込めて尋ねる。

「かまわない」

貴斗さんに迷いはなく、ならばと私は峰子さんを呼んで注文する。

他のお客さんはおらず、レトロな暖色系の明かりと東南アジアの宮廷音楽に店内は包まれていた。異国情緒溢れる組み合わせはすべて峰子さんの趣味だ。私も両親もこの空間が好きだった。

「母がここで働いていたんです。父と出会った場所でもあって、私もよく連れてきてもらいました」

雰囲気がそうさせたのか、沈黙になにか喋らなくてはと思ったからか。私の口から衝いて出たのは両親の話だった。貴斗さんは余計な口を挟まずに聞く姿勢をとったので、私もぎこちなく続ける。

父は私の祖母である母を早くに亡くし、忙しい祖父に代わってよくお墓参りに来ていたらしい。その帰りに偶然寄ったこのカフェで母と出会ったんだとか。

次第に父は母目当てで足繁く通い、結婚して私が生まれてからもここをよく訪れた。顔も知らない祖母のお墓参りをしてから、ガーデニアで一服するのが私たち家族の決まりだった。

峰子さんから両親の若い頃の話を聞くのが楽しみで、父は照れくさそうにして、母はよく笑っていた。

思い出が懐かしさとともに寂寥感も連れてくる。幸せだった記憶で、こんな気持ちになるのは嫌だ。

「貴斗さんは、ご家族とはどんなふうに過ごされてきたんですか？」

気を取り直して、貴斗さんに話を振る。

結婚の挨拶のときにご両親にお会いしたが、ふたりともこの結婚を素直に喜んでいた。そこまで深い話はしていないが、どちらかといえば相手が私云々というより貴斗さんが結婚を決めたこと自体に感激していた気がする。

「両親の付き合いで、家族で出かけたことはあっても美幸みたいにゆっくり過ごすというのはあまりなかったな」

祖父や父が有名なグローバルグループ会社のトップとなると、家族のあり方もまた違うのだろう。私には想像もつかない環境だ。

廣松テクノの社長子息だった父もそういう世界に身を置いていたのかな。

「どんな立場でもいろいろありますよね」

どちらが幸せだとか不幸せだとか、そんな話じゃない。それぞれ大なり小なり抱えているものはある。大事なのは、その中でいかに自分が満足して幸せを感じられるかだ。

亡くなった両親からの大切な教えが蘇（よみがえ）る。

「俺は兄たちに比べたら、跡を継がなくてはならないわけでもなく、灰谷家の恩恵を享受してわりと好きに生きてきた。三男は気楽な立場さ」

言葉とは裏腹に貴斗さんの言い方には皮肉めいたものが混じっている。だからというわけではないが、私は純粋に首を傾げた。

「そうですか？　一番、難しい立場だと思いますけれど」

気を回したわけでもなく、正直な感想だった。虚を衝かれたような貴斗さんに私はゆるゆると補足する。

「だって現に貴斗さんはおじいさんの言いつけを守って私と結婚したわけでしょ？　灰谷の名がついて回る分、そのしがらみの中で自由にするのって大変ですよ」

たとえば貴斗さんがGrayJT Inc.の跡を継ぎたいと申し出ても、お兄さんがふたりいる手前、難しいだろうし。なにをするにしても家柄やふたりの兄の立場を無視することはほぼ不可能だ。

とはいえ、そんな事情は百も承知で貴斗さんは上手く自由に生きてきたのかもしれない。

好き勝手想像して言い放った自分が急に恥ずかしくなる。

「すみません。想像だけで」

「いや……」

謝罪する私に対し、貴斗さんはなぜか困惑めいた表情になる。

「いつも美幸はこっちの予想を裏切る切り返しをしてくるな」

それは、どういうふうに受け取ればいいんだろう？

貴斗さんのこういう言い回しはいつもわかりにくい。とりあえず褒められたわけではないのは間違いなさそうだ。

「あの、私の父も次男だったんですが結局、母との結婚を反対されて実家と縁を切るはめになったので、それで……」

なんとかフォローしようと思い口にしたが、すぐに言葉を止めた。これは墓穴を掘ったのかもしれない。貴斗さんは父とは違う。だから好きでもない私と結婚したんだ。

「はい、お待たせ」

気まずい空気を吹き飛ばすように峰子さんの明るい声とコーヒーのいい香りが漂う。そっとテーブルに置かれた透明の耐熱ガラスのカップには、はっきりと黒と白のコントラストが出来上がっている。

さらに峰子さんはコーヒーのそばに小さな花柄のお椀を置いた。

「これ、ささやかだけれど結婚のお祝いね。召し上がれ」

「わぁ。ありがとうございます」

感激してお礼を告げると、峰子さんは貴斗さんに説明する。

「チェーといってね、ベトナム風ぜんざいとでもいうのかしら？　お嫌いじゃなければどうぞ」

「ありがとうございます」

さらに峰子さんは屈託のない笑顔で続ける。

「あまり馴染みのないかもしれないけれど、美幸ちゃんはこれが好きでね」

「ええ、聞いています」

貴斗さんの穏やかな返事に、峰子さんは眼鏡の奥の瞳を丸くする。その目はすぐに細められ、峰子さんは席を離れた。

スプーンをホットカフェグラスの中にゆっくり入れると、黒と白の境界線が滲んでいく。まだスプーンを手にしていない貴斗さんに私はにやりと笑みを浮かべて提案する。

「貴斗さん、苦いのがお好きでしたら混ぜる前にコーヒーだけどうぞ。すごく濃いですよ」

「そういう美幸はさっさと混ぜるんだな」

「私はもう経験済みですからいいんです」

子どもみたいに返して、中身の混ざったカップを口に運ぶ。カフェオレよりもミルクコーヒーに近い色合いで、コーヒーの苦みにすぐに練乳の甘さが追いつく。

コーヒーの風味は損なわれず、少しずつ楽しめる味だ。

「本当に気に入っているんだな」

コーヒーだけを口にしても、貴斗さんは眉ひとつ動かさなかった。けれどやはり苦かったのか後はさっさと混ぜてしまう。

「はい。私が初めて飲んだコーヒーって、このベトナムコーヒーなんです」

両親と訪れていたとき、母が飲んでいたものを一口もらったのが最初だった。甘さが十分にあって、すぐに虜（とりこ）になった。ただ、逆に普通のコーヒーはミルクや砂糖（さとう）を入れてもなかなか飲めなかった。

そんな話をしながら優雅にカップに口をつける貴斗さんに視線を送る。相変わらずどんな仕草も絵になる人だ。

そして自分の話をして改めて思う。私、彼のことなにも知らないんだ。

「……貴斗さんが独立したい分野ってどんなものなんですか？」

気づけば声に出していて、すぐに緊張が走る。聞いてもいいのかな？

私の不安をよそに貴斗さんはカップを置いて口を開く。

「情報セキュリティの開発と運用コンサルティングに特化したいんだ。これからＡＩやIoTの普及はどんどん広がっていく。それに伴ってセキュリティの部分はまだ課題も多いし必要になってくる」

「IoTソリューション事業はGrayJT Inc.もしていますけれど、たしかにセキュリティに特化したものではないですし、これからの情報化社会においては需要のある分野ですね」

頷いて感心していると、貴斗さんが意外そうな顔をしてこちらを見ていた。珍しく彼の考えている内容が手に取るようにわかる。

「……一応、子会社とはいえ私もGrayJT Inc.の社員ですけれど？」

「そうだったな」

唇を尖らせると貴斗さんはわずかに苦笑する。

そういえば貴斗さんは大学では電子工学を専攻していたと社内報の記事に書いてあった。今の彼に繋がった気がして嬉しくなる。

「きっと上手くいきますよ」

力強く答えると、貴斗さんはわずかに自虐めいた顔になった。

「どうだろうな。周りとしてはGrayJT Inc.の自由な三男が好きにやっているだけにしか映っていないだろうが」

「そこは実力でなんとでもなりますって」

すかさず明るく返し、つい勢いずいてしまう。

「大丈夫です。どんな色眼鏡で見られても、胸を張って真面目に生きていたら見ている人は見ていてくれますから」

言い切って我に返る。私と貴斗さんは違う世界の人間だと何度も自覚しているのに、また自分の思いだけで語ってしまった。

「って、両親の教えです。それに貴斗さんは、そうやって欲しいものは自分で手に入れるために行動できる人ですから、絶対に成功すると思いまして……」

打って変わって私の口調は失速する。我ながら百面相をしてばかりだ。

「そうだな。全員に理解や共感を得る必要はない。わかってほしい人間にだけわかってもらえればいい話だ」

貴斗さんの声は意外にも穏やかだった。

私の言い分は見当違いだと足蹴にされる覚悟もあったが、役に立てるとまではいかなくても彼の中になにかが留まったのならやっぱり嬉しい。

不思議。本当はいつも通りひとりでお墓参りもお店も訪れて、峰子さんと両親との思い出話に花を咲かせているはずだった。

ここを誰かと訪れる日が来るなんて思いもしなかった。

ましてや相手が貴斗さんみたいに素敵な人で、さらには彼と結婚しているという事実が胸を騒がせる。

婚姻届を書いて、一緒に暮らしはじめたものの、なかなか結婚した実感が湧かなかった。でも今日、貴斗さんと一緒に過ごせて少しだけ彼と夫婦になったんだと感じた。それは全部、貴斗さんの優しさのおかげだ。

コーヒーを存分に楽しみ、途中で峰子さんが貴斗さんに話しかける形で会話したりと時間はあっという間に過ぎていく。

夏場だから日が沈むのが遅いのもあり、いつもより長居してしまった。

気づけば午後五時を過ぎていて会計を済ませた後、峰子さんにまた来る旨を告げる。

峰子さんも「またいらっしゃいね」と笑顔で見送ってくれた。

貴斗さんの車で一緒に帰宅することになり、私たちは来た道を戻る形で駐車場を目指す。遠くから蝉の鳴き声が聞こえ、湿り気を帯びた熱気が夏を主張していた。

まだ青い空を見つめ、歩調を私に合わせ隣を歩いている貴斗さんに声をかける。

「貴斗さん、カフェにも付き合ってくださってありがとうございます。峰子さんも喜んでいましたし、なんだかデートみたいな気分でした」

発言してから最後は蛇足だったと思い直す。その証拠に、貴斗さんは目を白黒させてこちらをじっと見つめ返してきた。

どうしよう。デートって……自惚(うぬぼ)れすぎ？

「みたいって。今日のをデートにカウントするのは不謹慎か？」

貴斗さんの発言に対しすぐに頭が回らない。わずかな間ができて、真っ白になった思考をフル回転させる。

「い、いえ。でも、その……今日は私の都合に貴斗さんを付き合わせただけで、そんなデートだなんて」

手を横にぶんぶんと振って否定する。

あ、この態度って逆に貴斗さんに失礼？　でもなんて言えばいいのかわからない。

「美幸の言うデートってなにを指すんだ？」

混乱している私をよそに貴斗さんはさらに尋ねてくる。話題の移り変わりが早く、ついていけない。だから目の前の質問に答えるのが精一杯だ。

「えっと……ふたりで待ち合わせをして一緒に出かけること……じゃないですか？」

世間一般のデートの概念はそんなもんじゃないのかな。あ、でもお家デートって言葉があるから、でかけなくてもいいの？

自分の考えにツッコミを入れつつ、こんがらがる。結局、私はおとなしく白旗を揚げた。

「ごめんなさい。私、実はデートとかしたことないので、本当はよくわかっていないんです」

なにが悲しくていい大人がこんな告白をしないとならないの。

情けなさで居た堪れなくなる。でも見栄を張ってもしょうがない。きっと貴斗さんは、私とは違って素敵なデートをたくさんしてきたんだろうな。

こんな中途半端なものではなくて……。

想像してまた胸が締めつけられる。なんなの、この気持ちは。

「今度は」

はっと顔を上げると、貴斗さんの焦げ茶色の瞳がじっと私を捉えていた。そして彼の薄い唇がゆるやかに動く。

「待ち合わせをして、出かけよう」

「……え？」

「美幸の行きたいところを教えてほしい」

何度も瞬きをして貴斗さんを見つめ返す。彼の表情はやはり涼しげで感情が読み取りにくい。

けれど。

「それはデートに誘ってくださっているんですか？」

つられて抑揚なく尋ねると、ようやく貴斗さんの口角が上がった。

「そうだ。結婚していても妻をデートに誘っていいだろ？」

軽い口調に私も笑顔になる。だから茶目っ気を含めて返す余裕ができた。

「ありがとうございます。素敵な旦那様に感謝します」

貴斗さんの本心がどこにあるのかは、正直よくわからない。その一方で、彼が夫婦として私に歩み寄ろうとしているのは伝わってくる。それが純粋に嬉しい。

さりげなく貴斗さんが手を差し出したので、今度は勇気を出してその手に自分の手を重ねる。

お父さんとお母さんもこうやって手を繋いで歩いたりしていたのかな？

私たちは両親みたいにお互いに深く愛し合って結婚したわけじゃない。

でも十分だ。結婚して……貴斗さんと結婚してよかったと心から思えるから。

バスルームから出た私は、リビングのソファに座って体の火照りを冷ましていた。化粧水が沁み込んだ頬に触れるとわずかに熱が残っているのを感じる。

つい湯船でウトウトして長湯してしまったのが原因だ。出かけたのは昼頃だったものの、今になってどっと疲れが押し寄せてくる。ぼんやりしてしまうのは熱さからか眠たさからか。明日が休みでよかった。

エアコンのおかげで部屋は適正な空調に整えられている。設定温度を一度下げ、ホッと息を吐いた。

貴斗さんの車でマンションに帰宅した後、夕飯はお互いにあまり必要ないと感じて予定のメニューを変更し、軽くパスタで済ませた。そして貴斗さんはまだ作業が残っていたらしく食後にさっさと自室へ行ってしまった。

やっぱりまだ仕事が残っていたのかな？

気にしつつ私はいつも通りひとりで過ごしている。水分も取ったし、もう少し落ち着いたら自室に移動しよう。こんなだらけた姿を貴斗さんに見られるわけにはいかない。

深呼吸して背もたれに体を預け、高い天井を見上げた。今日の出来事が頭の中で何度も勝手に再生され、体は疲れているのに脳は休みなく働き続けている。お墓参りをしてガーデニアを訪れて、盛りだくさんだったもんね。おまけに今回はひとりじゃなくて……。

ふと目だけ動かして部屋の中を見渡した。引っ越して来たときから思っていたけれど、ここはふたりで住むには十分すぎるくらい広い。室内はしんとしているし、別室にいるとはいえ、貴斗さんの気配もまったく感じない。

がらんとした静かなリビングをぼんやりと目に映していると、なぜか胸の奥がざわめきだした。理由はわからない。

苦しさから逃げ出すように私は勢いよくソファから立ち上がる。意識をしっかりさせ時計を確認すると、午後十時過ぎ。まだ眠れそうにはないが、ひとまず自室に移動しよう。なんだか、これ以上この場にいてはいけない気がした。

リビングを出て自室に向かう途中、ほんの数秒迷って私は貴斗さんの部屋のドアをノックする。そっとドアを開けて中を窺うと貴斗さんが真剣な面持ちでパソコンに向かっていた。視線をこちらに寄越した彼と目が合い私は小さく挨拶する。

「貴斗さん、先に休みますね」

「ああ」

短い返事があり、邪魔にならないようさっさと退散しようとした。

「美幸」

ところが彼に呼び止められ、閉めようとしていたドアを再び開ける。すると貴斗さんが椅子ごと体をこちらに向けた。

「今日は悪かった」

彼の口から紡がれたのは謝罪の言葉で、思いがけない内容に私は勢い余って部屋の中に足を踏み入れる。

「え、え？　なんで貴斗さんが謝るんです？」

まったく思い当たる節がない。貴斗さんはデスクチェアから腰を上げ、ゆるやかにこちらに近づいてきた。混乱している私に対し、貴斗さんは迷ったような、ばつが悪そうな顔になる。

「……俺がいない方が山村さんとゆっくり話せたんじゃないか？」

私は大きく目を見開き、すぐさま否定する。

「い、いいえ！　気になさらないでください。峰子さんとはいつも同じ話と言いますか、両親との思い出話をするのが恒例で……」

祖母みたいに慕っている峰子さんに会うのは私の楽しみのひとつだ。お墓参りの後にガーデニアに立ち寄ると、峰子さんから若い頃の両親の話を聞くのが定番で話も弾む。

けれど、その話題が過去のものばかりである以上、新しいエピソードはなかなか出てこないし生まれない。

私の近況報告といっても、いつも変わり映えしないし。

「むしろ、今日は貴斗さんも一緒で嬉しかったです。峰子さんも喜んでいましたし」

久しぶりに両親の話題以外で峰子さんと話せた。峰子さんのあの安心した笑顔はこずっと見ていなかった。それでも、峰子さんと両親の話をするのは今後もきっと続けていくと思う。私の気持ちを整理するためにも、故人を偲ぶためにも。あの場所以外では両親の話をあまりしないのもあるから。だって――。

「それに、私ひとりだと帰ってから寂しくなっていたと思いますから」

わざとらしく笑顔を向ける。

峰子さんと気兼ねなく両親の話をして、楽しい時間を過ごした後は、逆にひとりが堪えた。帰ってきてからも自分の中でしまっている両親との思い出が溢れ返って、つらくなるのまでが定番だ。

でも、今日は違う。貴斗さんがそばにいる。

「だから、本当に気になさらないでくださいね。ありがとうございます」

おやすみなさい、と告げてドアを閉めてこの場を去ろうとする。しかし右手首を掴まれ足が止まった。掴んだ相手は確認するまでもなく、どうしたのかと聞こうとした瞬間、先に尋ねられる。

「ひとりで大丈夫なのか?」

真剣な貴斗さんの問いかけに私は面食らった。すぐに先ほどの発言を気にしてなのだと悟り、努めて明るく返す。

「大丈夫ですよ。すみません、余計なことを言って……」

最後は目線を下に向けてしまう。急に心臓が激しく打ち出し、存在を主張しはじめた。掴まれた箇所が熱を帯びて、逃げ出したい衝動に駆られる。

それは口調にも表れる。

「もう寝るので離してください」

彼の顔が見られないままぶっきらぼうに告げた。貴斗さんだって作業の途中だったはずだ。下手に私を気にかけなくていいのに。

そう言おうとして顔を上げると、突然の浮遊感に襲われる。まるで小さい子どものように貴斗さんが私を抱き上げたのだ。

「わっ！」

私の間抜けな声などまったく意に介さず、貴斗さんは私を抱えたまま自分の部屋の中に戻る。

そういえば貴斗さんの自室に入るのは初めてだ。

モノトーンでまとめられた部屋は、大きめのデスクと立派なチェアがゆったりと配置され、棚は専門書などの本が綺麗に整理されている。貴斗さんらしい。

視線が高くなった分、部屋を見渡せるのでついあちこち見てしまう。そちらに意識を飛ばしていると現状を忘れそうになっていた。

ベッドのそばに彼が足を進めていると気づき、パニックを起こしそうになる。

貴斗さんの意図が読めない。不安から彼のシャツを摑む手に力が入る。そして次の瞬間、唐突に私の思考は遮られた。

そっとベッドに下ろされ、背中がほどよく沈む。すぐに起き上がれず、私を見下ろす貴斗さんの顔を瞬きひとつできず見つめた。

ほんの数秒もない沈黙が永遠のように感じる中、貴斗さんが口火を切る。

「今はひとりじゃないんだから無理する必要はない」

硬直している私の頭を貴斗さんは優しく撫でる。

反論しないと。べつに無理なんてしていない。黙っていたら認めることになる。

声を絞り出そうとしたが、貴斗さんはさっとベッドから離れた。

「俺はまだやっておきたい仕事があるから、美幸はここで休んでいたらいい」

私の返事を待たず貴斗さんはデスクに戻っていく。おかげで突っぱねるタイミングを見失ってしまった。

ゆっくりと上半身を起こし、再びパソコンに向き合っている貴斗さんの方を見て、そろりと声をかける。

「……私がいて邪魔じゃないですか？」

「邪魔なら最初から言わない」

間髪を入れさせない返事に、しばし考えを巡らせる。

さっきリビングで感じた息苦しさは、孤独感を煽(あお)られたからなのかもしれない。この家は広いから……。

少しだけ、気持ちが落ち着くまでいさせてもらおう。

おとなしく彼の厚意に甘えると決めて、私は最終的に貴斗さんのベッドに潜り込んだ。

肌触りのいいシーツに体の熱が移っていく。大きさも造りも私のベッドとは全然違う。なにもかも慣れない。けれど、すぐそばで貴斗さんの気配があって、キーボードを叩く音が心地いい。

もうずっと寝るときには、耳鳴りがするほどの静けさが当たり前だったのに。ひとりが普通だった。

どうして私に優しくするの？　一応、結婚したから？　でも、なにも期待していないし期待するなって……。

考えられたのはそこまでだった。瞼が次第に重くなる。明かりが落とされたと感じたのは、私が目を閉じたからなのか。

穏やかな気持ちに誘われ、ゆるやかに私は意識を手放した。


『美幸も来年には高校生なのね。本当、早いわ』

受験勉強をしていると母がしみじみと呟いた。高校は全寮制のところを希望しているので、両親なりに思うところがあるのかもしれない。

『高校の制服を着たと思ったら、成人式の振袖を用意して、その次はいよいよ花嫁姿かしら。お父さんきっと泣くわね』

『飛躍しすぎだよ』

ペンを止め、ため息をつく。前ふたつはともかく花嫁姿はそもそも結婚しないと無理な話だ。そう返すと母はおかしそうに笑った。

『大丈夫。美幸にもいつかきっと運命の人が現れるから』

お父さんとお母さんみたいに？

そう尋ねればよかった。受験前で他愛ない会話がいつもより減っていた。もっと話しておけばよかった。時間はいくらでもあると信じて疑わなかった自分。

後悔してももう遅いのに――。

うっすらと目を開けると視界がぼんやりと滲んでいる。瞬きを繰り返すと目尻に涙が溜まる感触があった。このあと、零れ落ちて耳を濡らすのがいつものお決まりだ。ところがそうはならず、そっと目元が拭われ驚きですぐに意識が覚醒した。

「起こしたか？」

「た、貴斗さん⁉」

声が上擦るのは、起きたばかりだからだ。どうして？　という疑問が浮かび、すぐに状況を思い出す。彼の部屋で本当に寝てしまった。

薄暗いオレンジ色の明かりに包まれる室内で、よく見ると貴斗さんはシャワーを浴びて寝支度を整えている。見慣れているスーツではなく、髪は無造作に下ろされ、襟付の無地のパジャマ姿はなかなか貴重だ。いつもより幼い印象を受け、ドキッとする。

しかし、すぐに思考を切り替える。

どれくらい寝ていたの？　今、何時？

疑問をぶつける前に私は慌てて上半身を起こす。

「す、すみません。私がここにいたら、困りますよね」

彼が作業している間だけのつもりだったのに。しかし貴斗さんは冷静そのものだ。

「困りはしない」

「でも、私がいたから寝られなかったんじゃないです？　すぐ部屋に戻るので、と言いかけて気づく。この状況で、私が使ってすぐ後のベッドを使えというのは逆に失礼なのでは？　でも私の部屋のベッドをどうぞと勧めるのもなにか違う気がする。

「あの……どうしましょう？　このベッドで寝るのがなんでしたら、私の部屋のベッドを使っていただいてもかまいませんし……」

結局、相手に委ねる形になってしまう。こういう場合、どうするのが正解なの？

情けなさで居た堪れなくなり、貴斗さんの顔が見られずにいると、ベッドがわずかに軋むのを感じた。

顔を上げると貴斗さんの整った顔がすぐそばにある。

「ここで、ふたりで寝るって選択肢はないのか？」

「……え？」

まさかの提案に、私の頭も体も固まった。そんな私に、貴斗さんはさらに距離を縮めてくる。そして彼の大きな手が私の頬に触れた。

「どうする？」

珍しく貴斗さんが意地悪い笑みを浮かべていて、なにかを試されている気になる。

貴斗さんはどういうつもりなの？

硬直していると、そっと肩を押され、彼と共に倒れ込む。再びベッドで仰向けになった私の視界には天井ではなく、貴斗さんが映っている。

心拍数が上昇し、無意識に息を止める。なにか言わなければと思うのに上手く声にならない。

どれくらいそうしていたのか。先に動いたのは貴斗さんで、彼は私の右隣に体を横たわらせた。ベッドがわずかに沈み、目だけでそちらを追うと、私と同じように仰向けになった貴斗さんがこちらを見ていて視線が交わる。心臓が大きく跳ね上がり、瞬きを繰り返す私に彼は苦笑した。

「そこまで嫌がられるとは思わなかったな」

「い、嫌がってませんよ！　その、驚いただけで、けっして嫌とかでは……」

反射的に否定したものの語尾は弱くなる。目だけだったのが体も右側に向けて貴斗さんに訴えた。

貴斗さんもこちらに体を向けて、図らずとも私たちは向き合う形になる。とはいえ夫婦にしては遠すぎるし、他人にしては近すぎるという半端な距離だ。それだけ貴斗さんのベッドが広いということなんだけれど。

貴斗さんは、手を伸ばし私の髪先にそっと触れた。それだけで体温が上がった気がする。貴斗さんがなにを望んでいるのか正確に理解できない。察せられるほど経験もない。ただ、これだけは言っておかないと。

私は一度口の中の唾液を飲み込み、意を決した。

「あの、私たち結婚しているわけですし、その……こういったことも、ちゃんと覚悟していますから」

緊張と照れで声が震える。でも、はっきりさせておかないといけない問題だった。貴斗さんが求めていないなら、それはそれでかまわない。

一方で、彼の立場からするといずれは子どもを求められるんじゃないかとは思っていた。正直、今すぐそこまで腹は括れないけれど、貴斗さんの考えは知っておきたい。

合否判定を聞く気持ちで貴斗さんの反応を待つ。

「美幸に必要なのは、覚悟よりも素直さだな」

ところが、返事の内容が上手く捉えられない。さらに貴斗さんは呆れた顔になるので、私の頭の中はパニックになりそうだ。

「ど、どういう」

「ひとりがつらいときは素直に甘えたらいいんだ」

私の言葉を遮り、貴斗さんははっきりと言い切った。そして私の髪に触れていた手をゆるゆると頭に移動させる。

「今日はご両親の墓参りをして、山村さんに会って、感傷的になるのはおかしくない。そんなときにひとりで強がる必要はない」

大きくないのによく通る低い声。言い方とは裏腹に頭を撫でる手は温かくて優しい。

平気だっていつもなら笑って流せるのに、私は声を詰まらせた。

「……もう少しだけ、そっちに行ってもかまいませんか?」

絞り出すような声で尋ねると、どうぞと短い返事がある。そっと肩を浮かせて、遠慮気味に貴斗さんとの距離をわずかに縮めると、彼の腕が伸びてきて、そのまま引き寄せられた。

「わっ」

小さく悲鳴をあげたのも束の間、次の瞬間には貴斗さんの腕の中に収まっている。お互いに薄いパジャマ一枚を隔てただけで、腕の感触も体温もダイレクトに感じる。さっきよりも鼓動が速くなり、胸が痛い。

その反面、密着したことで貴斗さんの心音が伝わってきて、乱れた感情が落ち着いていく。だから心の奥底にある本音が思わず零れた。

「……私、両親の話をするの、苦手なんです」

ぽつりと呟くと貴斗さんは頭を撫でていた手を止め、腕の中の私を窺うように視線を落としてくる。目が合って、私はわざと貴斗さんの胸に頭をくっつけた。

「両親の話をすると、相手が反応に困っている雰囲気が何度かあって……。それに、私も両親を亡くした子だって気を使われるのも嫌だったから」

高校に進学して、大学に入学してからも、なにげなく家族や実家の話になったときに私の事情を聞くと、友人たちは戸惑っていた。

それはきっと私みたいな境遇の人間に対し、純粋にどういう言葉をかければいいのかわからなかっただけだと思う。

私の前で、あえて自分の家族の話題は出さないようにと気を使われたり、私が気にしなくても、周りは気にするんだと痛いほど学んだ。

だから極力、私は両親の話をしないようにした。

一方で、私の記憶の中だけに留めていたら両親の存在が消えてしまいそうな気がして苦しかった。矛盾している。結局、自分の都合ばかりだ。

「美幸は、ご両親にたくさん愛されていたんだな」

貴斗さんの言葉に、私はおずおずと顔を上げる。暗がりの中でも貴斗さんの表情はよく見えた。いつもの冷たさはなく穏やかに微笑んでいる。

だから奥底にしまっている想いが自然と声になる。

「自慢の両親でした。仲が良くてお互いに尊重しあって、ふたりとも私のことを一番に考えてくれて……」

声が擦れて、鼻の奥がつんと痛む。

こんなふうに自分から両親への気持ちを口にしたのはいつぶりだろう。

一緒にいるときに少しでも直接伝えておけばよかった。早く大人になって親孝行したかったのに。

じんわりと視界が滲み、声にならない。すると貴斗さんは私を改めて抱きしめ直し、落ち着かせるように背中を撫ではじめた。

「心配しなくても、美幸の気持ちはちゃんと伝わっている。相手は親なんだ」

幾度となく瞬きをして、溜まった涙が零れないよう必死で耐える。

今まで同情や気遣いの言葉はたくさんかけられてきたけれど、こんなにも心に沁みたことはない。

両親が亡くなってから、周りを心配させてはいけないと自分の弱い部分や本音を隠して、他人と一定の距離をとるのが当たり前になっていた。

踏み込んでほしくないから、自分からも深入りしない。この人じゃないとと思えるほど関わることもできない。

そんな私が誰かを好きになり、愛されて結婚するのはどう考えても無理だ。ただでさえ男女交際どころか恋をした経験もないのに。

そう悟ったとき両親のような結婚は諦めた。

なにより私自身が望んでいないと気づいたから。誰かに心を傾けるのが怖くて、だから結婚相手とは割り切った関係でいいと思った。お互いを尊重し一緒にいて不快にはならず、適度に心地いい関係を築けたら、それ以上は望まない。

違う、望めないんだ。お互いに好きにはならない。最低限の距離は保っておきたい。自分で決めた矛盾だらけの条件はすべて私の臆病さが原因だ。結局は他人と一線引いてしまう。この癖はきっと一生直らない。

でも、貴斗さんから与えられる温もりは本物で、彼と結婚してよかったと心から思える。両親のように愛し合って結婚したわけではなくても幸せを感じる。

気持ちを噛みしめて喉にぐっと力を込めてから、私は声を出した。

「貴斗さんのご両親も素敵な方たちですよね。お兄さんたちと仲も良さそうな印象を受けました」

明るく話題を振ると、貴斗さんは素直に話に乗ってくる。

「仲がいいというよりこちらが頼んでもいないのに、向こうが好き勝手口出ししてくるだけだ」

鬱陶しいとでも言いたげな口調の貴斗さんに苦笑する。

貴斗さんにはふたりのお兄さんがいて、それぞれ結婚されているのだが、実は私はまだ直接お会いできていない。

結婚の挨拶のときは、ご両親の都合をつけるのが精いっぱいで、お忙しいお兄さんたちの日程まで合わせられなかったのだ。ただ、ご両親から話を聞く限りお兄さんたちがとても貴斗さんを気にしているのが伝わってきて微笑ましくなった。

また別の機会を設けて会おうという話になったから近いうちに会えるといいな。

親がいつまでも自分の子どもを子ども扱いするように、兄弟も似たようなところがあるのかもしれない。

「いいですね、ご兄弟がいらっしゃって羨ましいです」

そこで妙な間が空き、反応がないのを不思議に思った私はそっと貴斗さんに視線を移す。すると彼は私の顔にかかった髪を耳にかけ、じっくりとこちらを見つめてきた。

「少し、元気になったみたいだな」

安堵した面持ちの貴斗さんに、やはり心配をかけていたのだと感じる。同時に感謝にも似た温かい気持ちが心を覆っていく。

「ありがとうございます。……私たち、なんだか本物の夫婦みたいですね」

「本物もなにも事実、結婚しているだろ」

やんわり訂正されるが、その口調はずいぶんと優しい。貴斗さんとの結婚を決めたときは、彼とこんな話をしたり共に過ごせるとは思ってもみなかった。

この雰囲気がそうさせるのか、いつもならきっと言わないでおいた些細(ささい)な話を自分から口にする。

「でも、奥さんとしてはまだまだですね。実は今日、貴斗さんがガーデニアで注文するとき、コーヒーをブラックで注文するんじゃないかって勝手に予想していたんです」

結果は見事に外してしまった。少しだけ彼の好みや性格を把握できていたと思っていたので、ちょっと残念だった。

私の一方的な期待と落胆で、この場では聞き流してもまったく問題ない内容だ。

「いつもならそうしていた」

しかし、やけにはっきりとした物言いで貴斗さんは呟いた。彼の顔は真剣そのものだ。

「とくに好みもこだわりもない。でも今日は、美幸がいたから……美幸が好きな味を知りたくなったんだ」

強く訴えかけてくる貴斗さんの瞳に捕まり、金縛りにあったかのように指先ひとつ動かせない。

思考も上手く働かず、貴斗さんの発言の意味を正確に摑めない。難しい言い方はなにもしていないのに。

そのままゆるやかに顔を近づけられ、頬を撫でられる。言葉がなくても、どうしてかこのときは自分の取るべき行動がわかった。

ぎこちなく目を閉じると唇に温もりがある。

初めての経験に戸惑いを起こす間もなく、唇はすぐに離れた。なにをしたのかわからないほど鈍くはないが、羞恥心で頬が一気に熱くなる。

気恥ずかしさを誤魔化したくてとっさに顔を背けそうになった。ところが再び唇が重ねられ、さっきよりも長くて甘い口づけに翻弄される。

心臓は破裂しそうに痛みだすのに、添えられた手から伝わる温もりが心地よくて不快感は微塵もない。

無意識に呼吸を止めていた私が酸素を欲する絶妙なタイミングで貴斗さんは離れた。

こういうとき、どういう反応をしたらいいの？　どうすれば……。

うつむいて戸惑うばかりの私の頭がそっと撫でられる。

「嫌だったか？」

不安そうに尋ねられ私は小さく首を横に振る。

「嫌じゃ……なかったです」

消え入りそうな声で答えて、気持ちを必死に落ち着かせる。嫌じゃない。それは本当だ。貴斗さんの行動に驚いて頭と気持ちがついていかない。

そして、こんなにも動揺しているのは私だけなのだと思い直す。

「貴斗さんは……」

おそるおそる同意を求める形で確認する。

「夫婦として歩み寄ろうとしてくれたんです、よね？」

キスくらいで狼狽えてどうするの。その先も覚悟しているとまで言ったのに。

「おっしゃるとおり、結婚したわけですし……」

『俺と結婚も経験してみないか？』

ふと彼の発言が頭を過ぎり、私は小さく頷いた。

落ち着け。冷静にならないと。

「これも経験ですよね」

それ以上の意味はきっとない。納得して、ちらりと貴斗さんを見ると打って変わってなんとも言えない顔をしている。

もしかしてまた見当違いなことを言ってしまったのかな？

「そんな複雑なことは考えていない」

案の定、貴斗さんに否定され、血の気がさっと引く。謝罪の言葉を口にする前に軽く額が重ねられ、視界がさらに暗くなった。

「美幸が、自分の妻が可愛かったからキスをした。ただ、それだけだ」

照れとか恥ずかしさとかそんなものがすべて吹き飛び、私の頭は真っ白になった。

遅れてやってきた正体不明の感情が、私の中で暴れまわる。

言った本人は平然としているのに、いつも私ばかりが心を掻き乱されている。

「今日はこのまま寝る。いいな？」

当惑中の私をよそに、貴斗さんは至近距離で言い切った。さっきまでの甘い感じはなく、子どもに対するみたいで少しだけホッとする。

「でも」

「どうした？　続きをしてほしいのか？」

言い返そうとすると逆に余裕たっぷりに尋ねられ、私は悔しくなった。

「違います！」

わずかに怒りを滲ませ反論しても、貴斗さんは顔色ひとつ変えない。

「美幸が望むのならかまわないが」

「な、なんで私の希望になっているんですか⁉」

たしかにこの話題を先にしたのは私だった気がする。真面目に答える私に、貴斗さんはおかしそうに目を細めた。

さっきから彼の手のひらの上で踊らされてばかりだ。

「貴斗さんが、こんなに意地悪な人だとは知りませんでした」

「むしろ優しくしているつもりだが？」

どこまで本気なのか。でも、あながち間違いでもない。帰宅してから抱いていた寂しさや不安は、彼と一緒にいてとっくに消え去っている。

「……そう、ですね。貴斗さんは優しいです」

言い直して素直に同意する。またからかわれてしまうかもと危惧したが、予想に反して貴斗さんは目を丸くしていた。

「美幸とは、まずはデートが先だからな」

言い終えて貴斗さんは私を腕の中に閉じ込める。夕方のやりとりを彼は律儀に守るつもりらしい。

貴斗さんってそういう人なんだよね。

最初は冷たくて、わざと突き放されていると思っていたけれど、単に好んで他人と関わろうとしないだけで、本当は真面目で優しいんだ。

「はい。楽しみにしています」

私は思いきって自分から貴斗さんに身を寄せる。すると彼は応えるかのごとく私の頭を撫でだした。触れる手は大きくて安心感を与える。

一度眠ってしまったが、そばにある温もりが心地よく貴斗さんのおかげで私は再び夢の中へと旅立てた。


『俺と付き合わない？』

大学生のとき、同じゼミに所属していた男子がふいに声をかけてきた。あまりにも軽いノリで、それが交際の申し込みだと気づくのにけっこうな時間がかかった。

『え？』

『廣松、彼氏いないんだろ？』

飲み会や休日に出かけるなどゼミ生同士仲がよく、彼ともそれなりに長い時間を共有していた。彼の人となりはそれなりにわかっているし、嫌いだとは思っていない。

けれど私は、真っ先にどうやって断ろうかとそればかりが頭に浮かぶ。すると私の顔色を読んだ相手が負けじとさらに畳みかけてくる。

『べつに今俺のことを好きじゃなくても、付き合ううちに好きになるかもしれないし。あまり難しく考えずにさ、俺たち大学生だし、経験と思って付き合ってみてよ』

『……ごめんなさい』

きっと好きにならないと思うよ。

さすがにその言葉は押しとどめた。

一歩踏み出さないとなにも変わらない。亡くなった両親の分も、一度きりの人生でたくさんの経験をしようと誓った。

そうだとしても、踏み出す相手は彼ではないと直感が告げている。

それに好きという感情を求められても、たぶん私は返せない。

『俺と結婚も経験してみないか?』

余裕たっぷりな表情と落ち着いた声。

最初から割り切った関係が前提だと提案してくれたから? 好意を求められていないから? それだけじゃない。

あのときの貴斗さんに応えたのは、私の中のなにかが突き動かされたからだ。

第四章　酔って溺れるキスの意味

そっと目を開けて、しばらくぼんやりと過ごす。しっかりと眠った感じはあるものの部屋の中はまだ薄暗くて時間の感覚があやふやだ。

ところがそれは遮光カーテンのおかげだと気づく。目を眇めてよく見ればカーテンの隙間から差し込んでくる光は十分に明るかった。

アラームに気づかなかったの？

毎朝、同じ時間にセットしているのに、聞き逃して起きられなかったのは珍しい。枕元に置いてあるスマホを手探りするが見つからない。そこで私は反射的に飛び起きた。

ここは自分の部屋ではない。そして本来の部屋の主である貴斗さんの姿がないのに気づき、私は着の身着のままリビングに向かった。

「お、おはようございます」

リビングのソファで貴斗さんは優雅に新聞を読んでいた。スーツではなく襟付きの白い半袖シャツとネイビーのパンツというシンプルな組み合わせで余計なものがない分、彼自身の魅力がより際立っている。

「おはよう」

律儀に新聞からこちらに視線を移して貴斗さんは返してきた。

そういえば今日は休みだと言っていたのを思い出す。

「よく眠っていたから起こさなかったんだ。なにか予定でもあったのか?」

佇んでいる私を不審に思ったのか。聞かれた私は大袈裟に首を横に振った。

「いえ、大丈夫です!」

昨晩、貴斗さんのベッドで一緒に寝たのは、どうやら夢ではないらしい。それを再認識し、次に襲ってくるのは恥ずかしさだった。

私ひとりで熟睡していたなんて。貴斗さんはちゃんと眠れたのかな? 私が一緒で疲れが取れなかったんじゃ……。

「美幸が心配することはなにもない」

脳内で自問自答していると、貴斗さんの声が割って入った。

「え、私、声に出してました?」

びっくりして彼を見ると、貴斗さんは意表を突かれた顔になり、続けて余裕たっぷりに微笑む。

「いや。美幸は意外と顔に出やすいからな」

「……す、すみません。単純で」

ここは認めるしかない。

「わかりづらいよりよっぽどいい」

からかうというより貴斗さんは優しく告げた。

結婚相手としては都合がいいのかも。そこでまだパジャマだったと思い出し、私は慌てて支度してくる旨を告げリビングを後にした。

私、情けないところばかり貴斗さんに見せてる。

自室のドアを閉め、大きくため息をついた。癖のある髪を何度も手櫛で整えるが、今さら取り繕ってもおそらく意味はない。

そもそも本当にただ一緒に寝ただけなのに、ここまであからさまに意識しているのはどうなんだろう。

そうは言っても異性と同じベッドで朝を迎えたのは初めてで、昨日は勢いもあって『覚悟している』と言ったけれど、実際はキスしただけであの有様だった。

経験不足なのは貴斗さんにも見抜かれていたんだと思う。そこで彼とのキスがありありと蘇り、胸が詰まりそうになった。

もしも恋人同士だったら、想いを通わせた夫婦だったらキス以上のこともしていたんだろうな。そして貴斗さんは、こうして誰かと朝を迎えるのをきっと何度もしてきたんだ。

その考えに至り、また違う痛みが胸に走って苦しくなった。原因が嫉妬だと気づき頭がこんがらがる。

あんな夢を見たせいかな。少なくとも私の中で貴斗さんは今まで出会った男性の中で特別だと自覚したから？　とにかく早く着替えないと。

今日は出かける予定はとくにないのに、いつもより服を選ぶのに時間がかかってしまった。五分丈のベージュのカットソーにコーラルピンクのリブニットスカートを合わせてみた。私の好みだとどうしても甘めのチョイスになってしまう。

軽く化粧をしてからリビングに向かうとさっきまでソファにいた貴斗さんの姿はなく、今はキッチンに立って、コーヒーを淹れようとしていた。

「美幸もアイスでかまわないか？」

「ありがとうございます」

どうやら私の分も用意してくれるらしい。嬉しくなってダイニングテーブルのいつもの位置に座り、貴斗さんを眺める。

コーヒーを淹れるだけで、こうも絵になる男性もなかなかいない。遠慮なく視線を送っていると、敏い彼が気づいた。

「どうした?」

「貴斗さんが素敵なので見惚れていました」

臆面もなく言い放つ。きっと貴斗さんは言われ慣れているに違いない。

「いつもと立場が逆なので新鮮だなぁって」

「普段は美幸にさせてばかりだからな」

幸せいっぱいに答えたのに、貴斗さんの切り返しに私は慌てた。

「そういう意味じゃないですよ。いつも私が好きでしているんです」

「いい。わかってる」

嫌味に受け取られたら困ると早口で捲し立てたが、あっさりと返された。私は席を立ち、貴斗さんの元に近づく。

「グラスを用意しましょうか?」

「頼む」

私の言葉を受け、貴斗さんはドリッパーにセットされた中細挽きの豆に、ゆっくりとお湯を注ぐ。私はふたつのグラスに氷をたっぷり入れると、貴斗さんのそばにさらに氷を持っていった。そしてサーバーに抽出されたコーヒーに大胆に氷を落とす。

アイスコーヒーは通常の倍の濃度で抽出したコーヒーに氷を入れて急速に冷やすのがポイントだ。透明感が出てキレのある味になるらしい。

ちなみにこの淹れ方は母から教わり、家ではずっとこの方法だった。ここに引っ越してきて貴斗さんに披露すると、彼もすっかり気に入ったらしくこの方法で淹れるのが定番になっている。

グラスに注がれたアイスコーヒーは濁りのない綺麗な色をしていた。それをテーブルまで運び、私は再び席に着く。いつもなら冷たい牛乳を入れるのがお決まりなんだけれど、せっかくなのでそのままいただく。

グラスの縁に口づけ少量を口に運ぶと、えぐみのないスッキリとした味わいが口に広がりブラックでも飲みやすかった。

「美味しいです。貴斗さんに淹れてもらえて私は贅沢者ですね」

「大袈裟だな」

前の席に座った貴斗さんは呆れ顔だ。そのとき玄関のチャイムが鳴ったので立とうとする私を制し、貴斗さんが席を離れた。

残った私は、手の中にあるアイスコーヒーを見て、自然と笑顔になる。自分が飲むついでだとしても、貴斗さんの優しさが嬉しくて幸せだ。

この気持ち、少しは貴斗さんに伝わっているかな？

「おーっす、廣松。朝から悪いな」

リビングのドアが開いたのと同時に元気のいい声が響いた。

「え？　小島先輩？　どうされたんです？」

現れたのは、昨日もここで会った小島先輩だった。

「それが貴斗に頼まれていた用事があって、こうして連日新婚家庭にお邪魔しているんだよ」

「そう思うなら中まで入らず玄関でさっさと帰ればいいだろ」

遅れて戻ってきた貴斗さんが冷たく返す。

「おいおい、それが探し物に協力してやっている恩人に言う台詞か？　正直、お前はどうでもいいけど、可愛い後輩のために顔は出しておかないとな」

貴斗さんは眉をつり上げ不快感を露わにした。しかし小島先輩にはまったく効いていない。

「にしても外はもう暑くてさ、ここの温度差半端ないわ。あ、俺もそのアイスコーヒーもらってもいい？」

首元のシャツを摑んでパタパタとあおぎながら尋ねられ、私は目が点になる。

「え？」

「お前は水で十分だ」

私の答えを待たず、即座に貴斗さんが言葉をかぶせた。

「ひどっ。なんでお前が偉そうに言うんだよ。どうせ作ったのは廣松なんだからいいだろ」

「違います。今日は貴斗さんが作ってくださったんです」

とっさに事実を訂正する。しかし発言してから妙な間が生まれ、小島先輩は急に黙り込み、貴斗さんはふいっと顔を逸らした。

わけがわからない空気に不安になっていると小島先輩が口元を緩める。

「へー」

どこか楽しそうでもあり、先輩はにやけたまま貴斗さんの方を向いた。

「なんだ？」

貴斗さんが不快そうに眉をひそめるが小島先輩は対照的に楽しそうだ。

「よかったな、廣松」

「あ、はい」

満面の笑みで返されたものの時間差がありすぎて戸惑う。

続いて小島先輩はマイペースに持っていた手提げ袋を貴斗さんに差し出した。

「忘れるとこだった。これ、やるよ。リキュールの詰め合わせ。どれも甘いものばかりだから」

「俺は甘いものは飲まない」

「なら誰かにやればいいさ」

貴斗さんが受け取らないので小島先輩はテーブルの上に袋を置く。中は瓶なのか重量感がありそうだ。

「あ、廣松はくれぐれも飲むなよ」

「わかってますよ」

私が目で追っていたことに気づいた小島先輩が釘を刺す。反論する気はまったくない。そして事情がわからずにいる貴斗さんに小島先輩は律儀に説明を始める。

「こいつ、二十歳を過ぎたのに酒を飲んだことないって言うから、ゼミの飲み会のときに勧めたんだよ。そしたら、その後がひどくて」

「ひどい？」

「あー、もうそれ以上、言わないでください！」

耐えきれなくなって私は止めに入る。貴斗さんに余計な話をしないでほしい。

「あれからまったくお酒は飲んでいませんからご心配なく」

先手を打つが、小島先輩は納得していない。

「本当か？　もう朝まで一緒にいてやれないぞ」

「……先輩、もしかしてまだ根に持っています？」

たった一回の出来事なのに。しかも二十歳になりたての学生のときの話だ。大目に見てほしい。

「そういうわけじゃないさ。さ、渡すものも渡したしそろそろ帰るか」

そう言って小島先輩は颯爽と踵を返す。貴斗さんも玄関に向かうので、さすがに見送ろうと私も席を立った。

貴斗さんと並んで小島先輩を見送る。

「じゃあな、貴斗。また気になるところがあったら連絡してくれ」

「ああ」

靴を履きながら貴斗さんと短くやりとりした後、小島先輩の目線は隣にいる私に移った。ごく自然に彼の手が私の頭に伸びる。

「またな、廣松」

ところが先輩の手が私の頭に触れる直前で、急に右側に寄せられた。おかげで先輩の手は行き場を失う。

「灰谷だ」

きっぱりと言い放つ貴斗さんに私と小島先輩は目を丸くした。なぜか貴斗さんに肩を抱かれ事態が呑み込めない私に対し、小島先輩は含んだ笑みを浮かべる。

「なるほど。そうだよなぁ。なら、俺も美幸って呼ばせてもらおうか……って、冗談だって」

私がなにか言う前に先輩はさっと訂正する。貴斗さんの表情は私からは見えないけれど肩に回された手の力が心なしか強まった。

一応、結婚を隠しているのは職場だけであって、事情を知っている人間にまで旧姓で呼ばれているのは、やっぱりいい気はしないのかな？　貴斗さんの目的のためにも、極力周りに結婚した事実を印象付けておきたいだろうし。

ただでさえ私たちは、傍目から見ても夫婦らしくないかもしれないのに。

そのとき携帯が音を立てる。貴斗さんのもので、彼はすぐに画面を確認し、電話に出た。口調から仕事に関するものらしい。

話しながら小島先輩に手の甲を向けて追い払う仕草をした後、貴斗さんは自室へ入っていった。

「あの……先輩が私を灰谷って呼ぶのに抵抗があるのなら、べつに名前呼びでもかまいませんよ」

先輩とふたりになり、ぎこちなく申し出る。灰谷は貴斗さんの名字でもあるのでずっと違和感は拭えないだろうし。

しかし先輩は打って変わって困惑気味に笑った。

「いいや、遠慮しておく」

「でも」

「それが貴斗のためって言うなら廣松は男心がわからない奴だな」

貴斗さんの名前が出てドキリとしたが、男心って？

「そういえばお前ら、昨日の今日でなにかあった？」

尋ねようとしたのに、先輩はするりと話題を変えた。

「あ、いえ……。やっぱり先輩が貴斗さんになにか言ったんですか？」

「俺は事実を言っただけで、判断したのはあいつ自身さ。じゃ、またな」

言いたいことだけ告げて、先輩は軽やかに去っていく。マイペースなのは学生の頃から変わらない。そして、世話焼きなところも。

貴斗さんはまだ電話をしているみたいなので、リビングに戻って氷の溶けたグラスを片付ける。テーブルにできたグラス跡の水滴を拭き、ふと小島先輩が置いていった手提げの中身を確認する。

ポップな色合いの小さな瓶がいくつか入っていて目を引く。何本か手に取ってラベルを見ると同じ酒造が出しているものだった。

定番のカルーアやカシス、アマレットやヨーグルト、チョコレートなど甘い系統のリキュールが取り揃えられている。おすすめの割り方の説明もあり、想像するだけで美味しそうだ。

「飲みたいのか？」

完全に油断していた私は驚きで瓶を落としそうになった。すんでのところで手に力を込め振り向くと、いつの間にか電話を終えた貴斗さんがリビングに顔を出していた。

「小島先輩はお帰りになりましたよ」

一応、報告するが貴斗さんはさして興味はなさそうだ。私の元に近寄ると同じように袋の中身に視線を注ぐ。そっと持っていた瓶を袋に戻した。

「私は飲みませんので貴斗さんも飲まないなら、どなたかに差し上げてください」

「体質的に合わないのか？」

アルコールが、という話だ。私は小声で弁明する。

「どう、なんでしょう。初めてお酒を飲んだときに醜態を晒してしまったので……」

お酒を飲んだことがないという私のために、友人がゼミの親しいメンバーだけを集めて飲み会を開いてくれた。初めて口にしたのはビールではなく甘い酎ハイだったか、カクテルだったか。

ジュースみたいと違和感なく飲んだのが失敗だった。勧められるままに飲み進め、ある段階で急に体が熱くなり世界が回り出した。

そのとき同席していた小島先輩にずいぶんと迷惑をかけてしまったと記憶半分に覚えている。

わざと笑い話のように説明したけれど、貴斗さんは表情を変えない。

呆れられているのかな。貴斗さんにはない失敗だろうし。

肩を縮めていると、彼は軽くため息をついた。

「飲み方が悪かっただけだ。好きなら飲めばいい。今度は俺が付き合う」

「え？」

まさかの提案に声が上擦りそうになる。

「い、いいえ。もういいんです。懲りました。小島先輩にも『お前はもう二度と酒を飲まない方がいい』って強く言われましたし」

私は全力で首を横に振って辞退する。貴斗さんから逆に飲むように勧められるとは思ってもみなかった。

しかし貴斗さんは不快そうに眉をひそめる。

「またあいつの前で飲むわけじゃないだろ？」

それはそうかもしれない。だからといって貴斗さんを付き合わせるのも申し訳ない。万が一またみっともないところを晒してしまったら……。

やっぱり遠慮しておこう。

告げようとする前に、先に彼の手が私の顎にかけられる。

「夫より他の男の言いつけを律儀に守るのか？」

射貫くような眼差しに、低くよく通る声は思考も言葉さえも奪う。

触れられた箇所には熱が生まれ、熱いと思った瞬間に貴斗さんの手が離れた。

「もちろん、飲みたくないなら無理強いはしない」

貴斗さんはいつもの調子で言い放つ。戸惑っているのは、きっと私だけだ。

「あ、あの」

これでいいと思っているのになにかに押され、距離をとろうとする貴斗さんに声をかけた。

この胸のざわつきの正体はわからない。

再び貴斗さんと目が合い、わずかに躊躇った後、小さく白状する。

「私、本当はまたお酒を飲んでみたかったんです。でも、なかなか挑戦する機会がなかったので、その……」

言い訳めいてしどろもどろになったが、意思を固める。

「酔っ払って、貴斗さんにものすごく迷惑をかけるかもしれませんよ？」

あえて精いっぱいの凄みをきかせてみた。やめておくなら今のうちという意味も込めて。

ところが貴斗さんは怯むどころかにやりと笑った。

「楽しみにしている」

脈略のない返事にクエスチョンマークが浮かんだ。なにを？　と尋ねる前に頭に手が乗せられる。

「美幸がどんな迷惑をかけてくるのか」

あからさまに楽しんでいる回答に私の方が狼狽える。

「朝まで付き合う覚悟はしている」

「さすがにそこまでじゃないと思うんですが……」

はっきりと言えないのが悲しい。よしよしと頭を撫でられ、これは完全に子ども扱いだ。ややあって、その手が止まる。

「あいつとは、朝までどうだったんだ？」

手が離れ、抽象的な貴斗さんの問いかけに頭を悩ませること数秒。自分の中で補って、私は派手に反応する。

「え、え？　小島先輩との話です？　あれは朝までっていっても、酔い覚ましに外に連れていかれて、近くの公園でくだを巻く私に延々付き合わせただけでして……」

先輩にとっては〝だけ〟では済まされなかったのかもしれないが、詳しく覚えていないのだからしょうがない。

それに今はそこが問題ではない気がする。

「先輩とは、断じて疚しいことはなにもありませんから」

改めて強く主張すると貴斗さんが目を丸くした。

「やけに必死だな」

「必死ですよ」

間髪を入れずに切り返す。そして一拍間を置いて、私は続けた。

「……誤解されたくないんです、貴斗さんに」

正直に告げると、貴斗さんはゆるやかに私に顔を近づける。視界が遮られ影ができるほどの距離で彼は妖しく笑った。

「それはあいつとの仲を？　それとも酔ったときの行動を？」

「どっちも、です」

意識せずとも声が震える。逸らせずにいた彼の瞳の中に自分の姿を見つけ、吸い込まれそうだ。

頬にそっと手を滑らされ、ぎこちなく目を閉じるとおもむろに唇が重ねられる。触れるだけの優しい口づけなのに心臓が煩い。

どうしていいのかわからず固まっている間にも、幾度となく角度を変えてキスされる。この先はどうなるんだろう。そんな考えが不意に過ぎり私は自分から離れた。

突然の行動に貴斗さんが驚いたのが伝わってくる。それには気づかないふりをして目線を落とした。

「結婚した相手と友人がなにかあったとか思われると外聞が悪いですよね。でも心配しないでください」

さっきの旧姓呼びの件もそう。貴斗さんの立場を考えると妻にあらぬ疑いがあっては困る。ただでさえ割り切った結婚なんだから。

「べつに心配はしていない」

ところがあっさり否定され肩透かしを食らった。次に自惚れだったのかと恥ずかしくなる。ただの興味本位だったのかもしれないのに。

訂正しようにも言葉が出てこない。悩んでいると不意に貴斗さんの腕が腰に回された。

「美幸が俺よりもあいつと親しいのが気に食わないんだ」

目を見開いたまま思考はあっさりとストップする。顔を近づけられ身構えたのも束の間、額に唇が寄せられた。

たった一瞬、次に目に映ったのは意地悪そうに微笑む貴斗さんで、私は瞬きを繰り返すしかできない。

からかわれた？　どう受け取ったらいいの？

たくさん疑問が湧くのに本人に聞き出せない。目だけで訴えても回答はなく何事もなかったかのように解放され距離をとられた。

そのことにわずかに寂しさを覚え、身勝手な気持ちを振り払う。

落ち着け。余計な感情はいらない。今も狼狽えっぱなしの私とは違って、貴斗さんは平然としている。彼は慣れているんだ。

その証拠に、貴斗さんの一連の動作には無駄がないというか、スマートというか。

とにかく今日は前回以上に気をつけてお酒を飲もう。固く心の中で誓って、私はもう一度袋の中のリキュールを確認した。


リビングのソファに体を預け、ぼんやり天井を見上げる。変化がないと思っていた体が心なしか熱い。

カルーア久しぶりに飲んだな。アイスにかけてもよさそう。ヨーグルトのも甘くて飲みやすかった。でも一番は……。

「気分は？」

ゆっくりと首を動かし右を向くと貴斗さんがミネラルウォーターの入ったグラスを持ってこちらに歩いてくる。

「大丈夫ですよ。まだ飲めそうなくらいです」

私は笑顔で答えた。

約束通り、夕飯の際に私は人生で二回目のお酒を楽しんだ。貴斗さんのアドバイスを元に、先に胃になにかを入れて空腹を避け、一気に飲む真似もしない。少しずつ味わいながら、料理と会話も堪能する。

トータルでロンググラス三杯分ほど飲んでストップがかけられた。

もう少し飲めるし、飲みたい。その文句は顔に出ていたらしい。

「カクテルは意外とアルコール度数が高いし、久しぶりに飲んだんだ。これくらいにしておけ」

ローテーブルにグラスを置いた貴斗さんが告げる。

「はーい」

私はわざとおどけて返した。

たしかにもうやめておいて正解なのかも。時間差なのか後から体に回ったアルコールが存在を主張しはじめる。けれど不快さはなく、ほどよい高揚感が心地いい。

自分だけお酒を飲むのも気が引けて、貴斗さんにはべつにワインでも用意しておこうかと提案したが、ぶっきらぼうに拒否された。

貴斗さんは『よくこんな甘い酒と飯を一緒に食えるな』と眉をひそめつつ同じ飲み物で付き合ってくれたので、味やカクテルについていつもより話が盛り上がり楽しく食事の時間を過ごせた。

「貴斗さん、ありがとうございます」

私の右隣に腰を下ろした貴斗さんにお礼を言う。

「貴斗さんがいなかったらきっともうお酒を飲もうと思いませんでした」

大きく息を吐きながら付け足すと、貴斗さんは複雑そうな面持ちになった。

「……そんなにあいつに言われたことを」

「小島先輩に」

相手の言葉を強引に遮り、語りだす。貴斗さんは続きを呑み込み、聞く姿勢をとったので、私はまた唇を動かした。

「〝親御さんも心配するぞ〟って言われて。私、それまで家庭の事情は伝えていなかったんですが、お酒が入っているのもあっていろいろ胸の内を明かしちゃったんです」

話しているうちにしまっていた記憶が少しずつクリアになっていく。

悪酔いしたため風に当たろうと小島先輩に建物の外に連れ出された。頭も痛くて吐き気もする。気分は最悪で世界が回っていた。

『まったく。本当に初めて酒を飲んだんだな。親と飲む機会とかなかったのか？』

ペットボトルの水を手渡されながらぶっきらぼうに叱られる。大学生なら、実家で初めてお酒を飲むパターンが多いらしい。そういう友達の話も何人か聞いた。

たしか父が私が学生の頃に『美幸が成人したら一緒に飲めるな』と話していたのを思い出す。

私も本当だったら二十歳の誕生日に両親と一緒にお酒を飲んで祝っていたかもしれない。

『廣松、一人娘なんだろ？　親御さんが心配するぞ』

『……私、両親を亡くしているんです』

白状したときの小島先輩の表情を見て、私はすぐに後悔した。やっぱり言うべきじゃなかった。案の定、先輩はかける言葉に迷っていた。

けれど言ってしまったものはしょうがない。お酒の勢いでそこから詳しい内容は覚えていないけれどぐだぐだと自分の取り巻く状況や愚痴めいたものを話し続けた。

酔いが覚め、空が白みはじめる頃にアパートに送ってもらい、その後かつてないほどの自己嫌悪に見舞われたのは言うまでもない。

小島先輩に謝罪したとき、彼は私の実情を含め、聞いた内容についてはなにも触れてこなかった。ただ『お前はもう二度と酒を飲まない方がいい』と笑いながら言われ、私は素直に頷いた。

その誓いを今日まで頑なに守ってきたのは……。

「また酔って迷惑をかけたくないのもありますけれど、本当は両親に対して恨み言を言うのが怖かったんです」

なんで死んじゃったの？　どうして私を置いていったの？

ふとしたときに心の中で父や母を責め立てたくなる。当たり前に両親が揃っている周りを見て苦しくなるときだってある。でも、そんなことをしてもなにも変わらない。

思いつくままに貴斗さんに思いの丈を話して、やはり自分は酔っているのかとぼんやり考える。

「いいんじゃないか？」

「え？」

我に返った私は隣を見た。彼の整った横顔が目に入る。

「文句のひとつ言ってやっても。相手にしたって、ひとりで溜め込まれるより本音を言ってくれたほうがよっぽど救われる場合だってある」

下手な慰めも同情もない、いつも通りの冷めた言い方だった。だからこそ余計な感情に振り回されず私に届く。

「そう、でしょうか」

取り繕わずにぎこちなく返すと、貴斗さんはそっと私の頭に手を置いた。

「少なくとも俺はそう思う」

大きな手のひらから伝わる温もりにざわついていた心が鎮まっていく。目の奥が熱くなって私は誤魔化すように笑った。

「とにかく貴斗さんのおかげでまたお酒を楽しめました。あのココナッツ味のカクテルすごく美味しかったです」

『美幸が好きそうな味がある』と貴斗さんに勧められ、初めて飲んだマリブというリキュールはココナッツ風味で貴斗さんの言う通り、私好みの味だった。

オレンジジュースで割ったり、ヨーグルトリキュールを足してパイナップルジュースで割るとものすごく飲みやすい。ついもう一杯となりそうなところを止められてしまったが、私のお気に入りの味のひとつになった。

「貴斗さんは甘い味はお好きではないのに詳しいですね」

「好んで飲まないが有名どころの味は把握している」

なるほど、貴斗さんらしい。

付き合いで飲むこともあるだろうし、それこそ今までお付き合いした女性ともこうやってアルコールを一緒に楽しんだりしたのかもしれない。

鉛のようなものが胸の中に放り込まれる。この重たさはなんだろう。せっかく幸せな気持ちになっていたのに、自分からモヤモヤする必要はない。

ん？

そこで思考が一度止まる。

どうして私がモヤモヤするの？　貴斗さんがどんな付き合いをしてきたかなんて私に関係ない。この結婚自体割り切ったものなんだから。

「来月、祖父が帰国してからになるが、上からの正式な発表を以て新しい会社を稼働させるつもりだ」

内心で自分を叱責していると、貴斗さんがさらりと報告してきた。

お見合いのときから聞いていた独立する件についてだ。

「そうなんですか？　おめでとうございます！」

私は勢いよく顔だけではなく体も横に向けた。感情を顕わにした私に対し貴斗さんは冷静だ。

「最初からGrayJT Inc.の傘下に入るのが条件で動いていたから、たいした話じゃない」

「でも、仕事とはべつに会社を立ち上げるためにも動いて、それが実現するんですよね？　誰にでもできませんよ。すごいです」

少なくとも私には絶対に真似できないし、GrayJT Inc.の傘下に入るということは、逆に背負わなければならないものもたくさんある。それでも叶えたんだ。

一緒に暮らしてから、貴斗さんがずっと忙しくしていたのを知っていた。歴史ある会社を継ぐのも相当なプレッシャーで大変だとは思うけれど、新しいものを創って軌道に乗せていかなければならないのも同じくらい苦労と重圧がかかるはずだ。

「やっぱり今日はワインを用意してお祝いするべきでしたね」

「必要ない」

すげなく返され、さすがに寂しく感じる。お祝いは貴斗さんにとっては大事ではないのかもしれない。でも……。

「今日は、美幸が楽しめたらそれでよかったんだ」

かけられた言葉に驚き、貴斗さんを見つめる。すると貴斗さんはばつが悪そうに顔を背けた。

その行動が照れからくるものなのだと思うと、現金なもので沈んでいた私の気持ちは一気に浮上する。

「なら改めて、今度はワインで乾杯しましょう」

私の提案に案の定、貴斗さんはなにか言いたげな面持ちになる。しかし彼の回答を待たずに私が先に続ける。

「私がワインを飲んでみたいんです。貴斗さんのおすすめ教えてくれますか？」

捲し立てて詰め寄る。貴斗さんは目を見張った後、観念したような困惑めいた笑みを浮かべた。

「わかった。ただし美幸は俺といるとき以外は酒を飲まないほうがいい」

「……私、今日は酔ってませんよ？」

予想外のアドバイスにわずかにたじろぐ。意識もはっきりしているし、頭痛や吐き気もない。酔ってはいない……はずだ。

「本当に？」

私の心の迷いを読んだのか貴斗さんは距離を詰めて問いかける。

もしかしてやっぱり余計な話をしすぎたから酔ったと思われている？

言い訳を考えている間に、気づけば貴斗さんの顔がすぐ目の前にあった。なにか反応する前に素早く唇を掠められる。

「そうやって無防備でいると悪い男に付け込まれる」

呆然とする私に彼は妖艶に囁く。

たっぷりと彼に見惚れてから私は震える声で返した。

「……貴斗さんは悪い人なんですか？」

目をぱちくりさせ、至近距離で見つめてくる彼と再び視線が交わる。貴斗さんの唇が緩く弧を描いた。

「さぁ？」

今度はしっかりと唇が重ねられ、一瞬迷ったがゆるゆると目を閉じて受け入れる。唇が離れると貴斗さんは打って変わって真剣な顔になる。

「抵抗しないのか？」

「抵抗……したほうがよかったですか？」

吐息がかかりそうな近さで全身に緊張が走る。

私はどうすればよかったの？

貴斗さんの真意がわからない。そもそも彼にとって私とのキスになにか意味があるんだろうか。

「後から酔った勢いだったって言われるのは御免だからな」

私は目を見張る。そもそもお酒の勢いなのは貴斗さんの方なのでは。

「俺は酔っていない」

口にしていたのか、顔に出ていたのか。貴斗さんがきっぱりと答えた。

「なら」

言い返そうとした言葉は口を塞がれ声にならなかった。

先ほどよりも強引に口づけられ戸惑っていると、貴斗さんの腕が背中に回されソファの上に足を乗り上げる形で抱きしめられる。伝わる体温に心を落ち着かせている間もキスは続けられ、貴斗さんにされるがままだ。けれど嫌じゃない。

空いた方の手を頬に添えられ、温もりにホッとした私はおとなしく身を委ねる。たんに唇を重ねるだけではなく、柔らかく唇を食まれたかと思えば舌で軽く舐められ、触れ方に緩急をつけて何度も口づけられる。

私は応え方のひとつもわからず、従順な姿勢を見せるのが精いっぱいだ。優しくて甘いキスに眩暈を起こしそう。

かすかにアルコールの味がする。これはどちらのものなんだろう。濡れた唇を重ねる度にリップ音が奏でられ耳まで刺激される。

体に熱が篭り、心臓は破裂しそうに痛い。無意識に息を止めていたので胸が苦しくなり眉をひそめる。

それに気づいたのか、貴斗さんが静かにキスを中断させた。

彼と目が合い、恥ずかしくなった私は貴斗さんに身を寄せる形で彼の胸に顔をうずめた。

肩で息をして肺に空気を送り、平静を取り戻そうと躍起になる。そのとき頭に手のひらの温もりがあった。キスしたかと思えば、まるで小さい子どもに対する扱いだ。それが今は胸をざわつかせる。

「すみま、せん」

沈黙に耐え切れなくなって、思わず口から出たのは謝罪の言葉だった。

「なんで謝るんだ？」

貴斗さんは今、怪訝な顔をしているんだろうな。

声から容易に想像がつく。いつも顔色を読まれてばかりだけれど、私もそれくらいは見当がつくようになった。

貴斗さんとの距離も少しは縮んだのかな。……こうしてキスするほどには。

意識して顔がさらに熱くなる。しばらく躊躇った後、顔が見えない後押しもあって私はおずおずと打ち明ける。

「私、その……経験なさすぎて上手くできなくて」

最後は照れてしまい消え入りそうな声になる。

キスはひたすら貴斗さんのペースで、応えるどころか受け身さえも怪しい。これは結婚相手としてはどうなんだろう。大人の恋愛をしてきた貴斗さんにとって役不足なのが否めない。

「心配しなくても美幸にはまったく期待していない」

そこで初めて私は顔を上げて貴斗さんを見つめた。

『それに俺は結婚になにも期待していないし、君にもなにも期待しない』

お見合いしたときの発言を思い出し、さっと血の気が引く。

彼が私に求めるものはなにもない。自意識過剰だったと落ち込む気持ちをなんとか奮い立たせる。

そのとき貴斗さんがなにかを堪えるように肩を震わせているのに気づき、おそるおそる窺う。次に意外な光景が目に飛び込んできた。

「え？　なんで笑います？」

わけがわからない。貴斗さんはうつむき気味に笑いを噛み殺している。

「美幸が真面目にわざわざ申告してくるから……」

くっくと喉を鳴らす彼に、私の顔色は青から赤に変わった。

「なっ、だってこういうのは夫婦としては大事なことかと……」

感情の波についていけず、しどろもどろになる。貴斗さんの指摘はいつも私の予想の範囲を超えていて、なにひとつ上手く返せない。

「そうだな」

あきらかに私に合わせた返事がある。必死で言い訳して慌てているのは私だけだ。

「貴斗さん、呆れてます？」

「いや」

即座に否定した貴斗さんは、微笑みながら私の頬に手を添えてきた。

「呆れるどころか可愛すぎて困っている」

眉尻を下げて優しく笑う貴斗さんから目が離せない。こんな貴斗さんは見たことがない。

ずるい。そんな顔をされると、たとえ子ども扱いだとしても、満更でもない気がしてしまう。

「美幸が余計な気を回す必要ないさ。経験がないなら経験すればいい」

どこかで聞いた台詞だ。思い出そうとする前に、貴斗さんの親指が私の唇に触れ、ゆっくりとなぞっていくので、そちらに思考はすべて持っていかれる。

「言っただろ。もっとその先の経験もさせてやるって」

「あ」

さっきの発言も合わせ、思い出した。貴斗さんに結婚を持ちかけられたときだ。

『ちょうどいい。もっとその先の経験もさせてやる』

心臓の音が一段と大きくなる。あのときは結婚のことだと思った。でもこの状況ならまた意味は違ってくる。ううん、同じだ。私は彼と結婚したんだから、キスもそれ以上のことも――。

「美幸は、結婚したから俺を受け入れるのか？」

考えを見透かされたのかと思った。目を見張る私に対し、貴斗さんは真っ直ぐに視線をぶつけてくる。

その問いにノーという答えがあってもいいの？

「私、は……」

そうですよと少し前なら迷いなく答えられたのに。他にどういう理由があるの？

はっきりと答えられずにいると不意打ちで口づけられる。驚きで目を白黒させる私を貴斗さんはゆっくりと解放した。

「今の質問は忘れてくれ」

いつもの冷然とした言い方なのにどうしてか貴斗さんの顔がわずかに物悲しそうに見えた。

「貴斗さん」

だからとっさに彼の名前を呼ぶ。そして思いきって今度は自分から身を寄せた。

次に私は手を伸ばし、彼の頭をよしよしと撫でる。

正直、自分でも驚きが隠せない。気づけば勝手に体が動いていた。

「どうした?」

案の定、貴斗さんも不思議そうに尋ねてくる。

「あの……いつもしていただいてばかりなので……」

振り払われるかと思った手は意外にもそのままで、彼の柔らかいストレートの髪が指の間を滑る。私とは正反対の癖のない滑らかな黒髪だ。

「なんとなく私も触れたくなったんです」

口にして自分の本音に気づく。

結婚したから、ある程度いい関係を築くために歩み寄る必要があると思っていた。夫婦として受け入れなければいけないことがあるのも覚悟していた。

でも、それだけはなくて。

「貴斗さんだから」

今、自分から求めたのは相手が貴斗さんだからだ。

自覚すると、恥ずかしさで手が止まる。

大人の男の人相手になにをしているんだろう。

「私、やっぱり酔ったのかもしれません」

言い訳にしては苦しい。急いで手を引っ込めようとすると、腕が掴まれた。驚く私の手に、貴斗さんは素早く自分の指を絡める。

「次は酔っていないときに期待している」

そう言って私の手を口元に持っていき、手の甲に唇を寄せた。

こんなにも結婚相手にドキドキさせられるのは、想定外だ。

貴斗さんこそ、こうやって私に触れるのは結婚したからなんだ。

当たり前の事実に、わずかに胸が軋むのを必死で気づかないふりをする。これでいい。だからもう少しだけ酔ったことにして彼に甘えていたかった。

第五章　妻として望まれるものとできること

仕事から帰宅した貴斗さんがネクタイを緩めながら気怠そうに切り出したのは、珍しく彼の家族の話だった。

なんでも貴斗さんのお兄さんふたりが、それぞれの奥さんと共に一度私に挨拶したいと連絡してきたらしい。

「お兄さんたちが私に……ですか？」

結婚したのにお会いできていないのを私も気にしていたから有り難い申し出だ。本当はこちらが計画して段取りをつけるべきだったのかもしれないが、お義兄さんたちも貴斗さん同様お忙しいみたいでなかなか実現できなかった。

貴斗さんは『どうせ結婚式で顔を合わせるだろうからかまわない』と言っていたものの私の中では引っかかっていたから。

「無理にとは言わない」

「いいえ！　むしろこちらが時間を作ってご挨拶するべきだったのに、申し訳ないくらいです」

即座に力強く否定する。

緊張しないと言えば嘘になるけれど、貴斗さんは伯父夫婦をはじめ祖父の病院まで一緒に来て挨拶してくれたのだから私も同じようにしたかった。

「俺が調整しなかったんだから気にしなくていい」

フォローしつつ貴斗さんの表情は苦々しいままだ。理解できず私は首を傾げる。

兄弟仲が悪いわけではないだろうし、どうしたんだろう？　もしかして私が貴斗さんの、ひいては灰谷家の嫁として相応しくないと思われるのを心配しているのかな？

廣松テクノの血縁者とはいえ本当にそれだけだし、きっとお義兄さんたちの奥さんもそれなりの家柄の人なのかもしれない。

咲子さんを想像し、わずかに胸が苦しくなる。

本当なら貴斗さんの隣にいたのは私ではなくて……。

「面倒なんだ。兄たちは俺のことを含め美幸に好き勝手話すだろうから」

ため息混じりに漏れた貴斗さんの呟きに私は目を丸くする。

「どうした？」

「……貴斗さんでもお兄さんたちには敵(かな)わないんだなって」

つい笑みがこぼれてしまった。反対に貴斗さんの顔は渋くなる一方で、それでも整った顔立ちの彼はどんな表情でも魅力的だ。否定しないところを見ると図星らしい。

「兄弟っていいですね。憧れます」

口にしてすぐに後悔する。この言い方は気を使わせてしまうかな？

反射的にそんな考えが過ぎった。こうやっていちいち気にしてしまう自分が憎いけれどもう性分だ。そのときふと頭に温もりを感じて私の意識は浮上する。

「美幸が会ってかまわないなら、これ以上俺が口を挟む理由はないな」

諦めたと言わんばかりの貴斗さんの反応が少しだけ意外だった。

結婚したときは、自分の意志を貫く人だったのに、今はこうして私の意見も尊重してくれる。

私の心を覆っていた雲が消えていく。

「私、妻として貴斗さんのお兄さんたちに気に入っていただけるように精いっぱい頑張りますね」

せめてものお返しにと握りこぶしを作って決意する。

しかし貴斗さんは呆れ気味だ。

「変にはりきる必要はない。心配しなくても、もうすでに気に入られているさ」

「え？」

どういう意味だろう。貴斗さんやご両親からなにか伝えられているのかな？

窺うように貴斗さんを見つめると、彼は私の頭にあった手を下顎に滑らせ上を向かせた。


「美幸は堂々と俺の隣にいたらいい。俺の見る目は確かなんだ」

自信たっぷりの貴斗さんに私もつられて微笑む。

それは私と結婚してよかったって意味なのかな？　そう受け取ってもいいんだよね。

「お見それしました」

わざとおどけて返してみると、貴斗さんが私と視線を絡めてきた。その意味を悟りぎこちなく目を閉じる。すると予想通り唇が重ねられ、私の胸が高鳴る。

貴斗さんの前でお酒を飲んだときに、なし崩しにキスを交わしてからこうやって時折口づけをするようになった。

いつも貴斗さんから動いて、私は今みたいに受け入れるしかできない。触れるだけの優しいものなのに、つい緊張で体が強張ってしまう。

嫌というわけではなく、どうしていいのかわからない。

「次の土曜日の昼で返事をしておくから、空けておいてくれ」

「……はい」

貴斗さんは平然としている。これくらいのキス、きっとなんでもないことなんだ。この温度差がもどかしい。

「美幸」

改めて名前を呼ばれた次の瞬間、頬に唇の感触がある。完全に油断していた。

「また都合をつけるから俺とデートする時間も確保してほしい」

「も、もちろんです！」

耳元で囁かれ、上擦った声で反射的に答える。貴斗さんは不敵な笑みを浮かべ私から離れた。

『そうだ。結婚していても妻をデートに誘っていいだろ？』

あのときに出た話を貴斗さんは真面目に考えていてくれているんだ。私よりも貴斗さんの方がずっと忙しいのに。

きっと今の私の顔は赤くなっているんだろうな。彼の唇が触れた箇所が熱を帯びてむず痒い。完全に貴斗さんの手のひらの上で転がされている。

それでも貴斗さんが少しでも私と結婚してよかったと感じてくれているなら嬉しい。

ひとまず土曜日に着ていく服を用意して、ヘアサロンも予約しないと。カレンダーを確認して私は慌ただしく計画を立てた。

お義兄さんたちに挨拶したいとは思ってはいたけれど、いざその場になるとどうしても怖気づいてしまう。さらに今の私は違う意味でも気を張り詰めていた。

約束の土曜日、お昼前に貴斗さんと共に向かったのは、GrayJT Inc. の傘下にある高級ホテルだ。

貴斗さんの車でホテルに向かう途中、彼と雑談していると私たちがお見合いをした『グローサーケーニッヒ』もGrayJT Inc. が経営に携わっていると聞いて驚きが隠せなかった。

『どうして教えてくれなかったんですか?』と尋ねる私に貴斗さんは何食わぬ顔で『いちいち告げる必要もないと思っていた』と返してきた。

灰谷家やGrayJT Inc. のすごさは理解していたつもりだったが、隣にいる貴斗さんが改めて遠い世界の人に思えて、さらにこれから会うお義兄さんや奥さんたちに対しての緊張も一層に増した。

私ひとり場違いになっている可能性も否めない。

そっと髪を掻き上げるとパールのイヤリングに軽く触れた。シンプルで派手さはないが上等なもので、お揃いのネックレスは首元で輝きを放っている。

シフォン素材のシャンパンゴールドのワンピースに合わせて取り揃えたもので、今の私はお見合いのとき以上に変身していた。

といっても、私ひとりの力ではない。

ヘアサロンを予約した後、念のため貴斗さんに当日はどんな服装が望ましいか尋ねた。お店に見に行く時間は取れそうにないので、インターネットでいくつか見繕って購入するつもりだと告げると、どういうわけか貴斗さんは考え込んでしまう。

しばらくして、服に関しては保留にしてほしいと言われ、お義兄さんたちに確認するのかなと思い、おとなしく従った。

そして仕事帰りに予約していたヘアサロンへ行った日。カットとトリートメントをしてもらい、長さはあまり変えず癖毛を活かしたヘアスタイルをお願いした。

貴斗さんが伸ばしたらいいと言ってくれたから初めてのオーダーだ。

担当のスタイリストさんは、嫌な顔ひとつせず私の好みや生活スタイルについて質問し、顔周りにレイヤーを入れて全体的に軽やかな仕上がりになるようはさみを入れていく。

正面にある鏡を見ながら私は新鮮な気持ちだった。あまり髪型にこだわりはなかったのに、誰かの言葉で新しい一歩を踏み出している。

誰か、じゃないか。貴斗さんだからなんだ。

長さはあまり変わっていないけれど確実に気持ちも髪型も変わった。簡単なスタイリングの仕方までアドバイスしてもらい大満足で店を後にする。

なにげなくスマホを取り出すと不在着信があり、相手は貴斗さんだった。私は慌ててリダイヤルする。

今日はヘアサロンに寄ってから帰ると伝えていたけれどなにかあったのかな？

不安な気持ちでコール音を聞いていると相手が出た。

近くまで来ていると告げられ、貴斗さんの車で合流する。開口一番に貴斗さんから髪型を褒められたのは嬉しかった。

けれど、そこからなぜか世界的に有名な高級ブランドのアパレルショップに行くと告げられ私は驚きで間抜けな声を上げてしまった。

とくに若い女性に支持されているこのブランドはフェミニン系の甘くも洗練されたデザインが人気で私も好きだった。とはいえお値段的に簡単に手が出せるものではないのでポーチやコスメなどをいくつか持っているだけだったりする。

とっくに閉店時間は過ぎているのに、店内では年配の女性と彼女のアシスタントなのか若い女性が待機して恭しく貴斗さんに挨拶した。

なんでもGrayJT Inc.はこのブランドが日本に進出する際に多大な出資をしたらしく贔屓（ひいき）にしている関係なんだとか。説明されても私は口をぽかんと開けたままだった。

さらには、今日は私の服を見繕うためにこうしてお店を開けて貸し切り状態で待っていたと聞かされ卒倒しそうになる。一般人には考えられない扱いだ。

貴斗さんになにかを言う間もなく、奥に連れて行かれた私は次々に持ってこられる服を身に纏い、そのたびに店員の女性たちからの賛美の声を浴びる。

されるがままだったが、お義兄さんたちに会うためにはそれなりの服が必要なんだと思い直し、私は真剣に服を選び始めた。

最終的に貴斗さんが『よく似合う』と褒めてくれたコーディネートで決めたもののどうも落ち着かない。分不相応というか、気分はまさにシンデレラだった。

質素倹約で生きてきた私が、値段はいくらかと想像するのも憚られる代物を身に纏って別世界に行こうとしている。

本当はこの服だけのつもりで選んでいたのに最終的には試着したものや、おすすめのものなどすごい数の服や靴、鞄やアクセサリーなどがお買い上げ品としてまとめられていた。

支払いはいつの間にか貴斗さんが済ましており、戸惑う私をよそに貴斗さんは荷物を持ってさっさと店を後にする。

せめて今着ている服だけでも支払いたいと申し出たが、案の定貴斗さんに却下されてしまった。

こんなにしてもらってばかりでいいのかな。

「その服、気に入らなかったのか？」

運転している貴斗さんに、突然尋ねられ私は目を剝いた。

「い、いいえ！　違うんです。むしろ私好みの可愛いデザインでとても気に入っています。でも、私にはもったいないと言いますか……」

「そんなことはない」

はっきりと言い切った貴斗さんは、ちょうど信号が赤になったタイミングでこちらを向いた。

「よく似合っている。他のものに関しても、美幸の喜ぶ顔が見たくて俺が勝手に贈ったんだ。迷惑だったか？」

私は反射的に大きく首を横に振った。

「なら、なにも気にせず着てほしい。美幸の好みに合うと思っていたんだ」

まさかそんなふうに返されるとは想像していなかった。今日のために必要だからあんな強引な真似をしたんだとばかり思っていた。

「……ありがとうございます」

遠慮していた気持ちを引っ込め、私は小声でお礼を口にした。

私も、貴斗さんのためになにかしたい。喜んでほしい。

自然とそう思える。とりあえず挨拶を無事に終わらせないと。

気合いを入れて、ぎゅっと握りこぶしを作る。

「気を張る必要はない。向こうが美幸に会うのを楽しみにして計画したんだ。美幸はいつも通りでいい」

そう告げる貴斗さんは、ネクタイをしていないものの爽やかなブルーのジャケットにホワイトのシャツを組み合わせスタイリッシュにまとめていた。悔しいくらいよく似合っていて運転する姿も合わさり、勝手にときめいてしまう。

「いつも通りって……」

眉をハの字にして唇を尖らせる。すると車はちょうどホテルの駐車場に停まった。

改めて貴斗さんの視線がこちらに向き、目が合って思わず背筋を伸ばす。

貴斗さんはハンドルに腕を預け、口角を上げた。

「普段から美幸は十分に可愛いんだ。とくに笑った顔が」

さりげなく私の頬に触れたかと思うと、彼の手はおもむろに髪先に伸ばされた。

「その髪型もよく似合っている。切るよりこっちが断然いい」

息さえも止める。貴斗さんの手が離れ、車を降りようとしてやっと金縛りは解ける。急に体中に血が巡り出し、鼓動も速くなる。

だ、駄目だ。どうして心臓が痛むのかわからなくなってきた。

貴斗さんなりのフォローだったのかもしれないが、完全に逆効果だ。呼吸も乱れ、息を整えようと躍起になる。すると助手席側のドアが開かれた。

「ほら、行くぞ」

動揺を隠せない私とは反対に貴斗さんはそれこそいつも通りだ。優雅に手を差し出す彼を真っ直ぐに見つめる。

ああ、そっか。

「貴斗さんも普段から十分に素敵です」

今日が特別というわけじゃない。思えば出会ったときから貴斗さんには胸を高鳴らせてばかりだった。すごい人と私は結婚したんだ。こんなにも私を変えていく。

貴斗さんは王子様みたいな外見だけれど、実は魔法使いなのかもしれない。

貴斗さんは目を見張った後、わざとらしく私から視線を逸らす。不思議に思いつつ彼の手を取ると軽く引かれ私は車外に出る。

「本当に、美幸には驚かされてばかりだな」

「なにか気に障りました？」

軽く息を吐いて呟く貴斗さんを見上げる形で不安げに尋ねる。

「その逆だ。愛らしくてたまらなくなる」

先ほどとは違って困惑気味に微笑む貴斗さんの表情に釘付けになる。すぐに前を向いたので、私はなにも言わずおとなしく彼についていく。

重ねた手から伝わる温もりがいつもより熱く感じた。


案内された部屋は広い個室で、金と赤を基調とした内装は洋館さながらだ。テーブルがセットされていて、すでにお義兄さんふたりとそれぞれの奥さんの四名が揃って座っていたので、私の緊張は最高潮に達する。

「お、久しぶり。遅くなったけど結婚おめでとう」

「まさかお前まで結婚する日が来るなんてな」

お義兄さんたちがそれぞれ貴斗さんに声をかける。貴斗さんはとくになにも返さないが、いつものことなのか気にするわけでもなく、お義兄さんたちは私に向き直った。

自然な流れで先に長男の宏昌さんが口を開く。

「美幸さん、はじめまして。なかなかご挨拶の機会が設けられずにすみません。貴斗の一番上の兄で灰谷宏昌です。不肖（ふしょう）の弟ですが、どうぞよろしくお願いします」

相手にとっては初対面だが、私は彼を知っていた。

GrayJT Inc. の中核であり中心である大手通信会社ウルスラの社長、つまりGrayJT Inc. の正統な後継者だ。子会社に勤務しているのでさすがに名前と顔は認識している。

仕立てのいい外国製の高級スーツを嫌味なく着こなし、ワックスで黒髪をきっちりと上げている姿はまるで隙がない。

温和な雰囲気だが圧倒的な威圧感がある。切れ長の涼しげな目元は、貴斗さんとよく似ていると感じた。

私は深々と頭を下げる。

「GrayJT Inc. の子会社に勤めているのでお名前とお顔は存じ上げています。こちらこそご挨拶が遅くなってしまってすみません」

宏昌さんは「いえいえ」と笑顔で返す。そのタイミングでもうひとりのお義兄さんが続ける。

「はじめまして、貴斗のすぐ上の兄の灰谷雅孝(まさたか)です。貴斗が結婚するとは思ってもみなかったから、どんなお相手なのか今日はお会いできるのを楽しみにしていました」

茶目っ気を含んだ言い方だけれど嫌な感じはしない。

雅孝さんは貴斗さんとも宏昌さんとも違う雰囲気で、落ち着いた焦げ茶色の髪は毛先を遊ばせ、高級感があるもののピンストライプのスーツにブルーのシャツの組み合わせはお洒落さと個性を醸し出している。

顔立ちは他の兄弟同様端正で、すっと伸びた鼻筋に少しつり上がった大きな瞳は魅惑的だ。

お義兄さんに挨拶を済ませると、それぞれの奥さんを紹介された。

宏昌さんの七つ年下で二十六歳になる千鶴(ちづる)さんは、小顔で目がぱっちりとして肩先でサラサラの髪が揺れている。落ち着きの中に可愛らしい雰囲気があり、今日はゆったりとしたデザインの光沢のあるパールグレーのクラシックドレスを身に纏っていた。

対して、雅孝さんと同い年で二十九歳だというわかなさんは、洗練された大人の女性そのものといった魅力溢れる印象で、レース遣いが素敵なエレガントなデザインのグリーンのドレスは細身で身長のある彼女によく似合っている。

長くウェーブのかかった髪は艶があり、メイクも派手すぎず、それでいてきっちりと彼女の綺麗さを引き立たせていた。

簡単に自己紹介を終えたところでテーブルについて食事を始める。ここのメインはギリシア料理をベースにした創作メニューが人気で、ほぼわかなさんの一存で決まったんだとか。

貴斗さんはお義兄さんたちと会うのも久しぶりらしく、いろいろ質問攻めに遭っている。こういった貴斗さんを見るのはなかなか新鮮だ。なにげない会話からビジネスの話題に切り替わったりしつつ兄弟ならではのリラックスした空気がそこにはある。

わかなさんと千鶴さんの気さくさと食事の美味しさもあり、私の緊張は少しずつとけていった。ふたりとも私と同じようにおじいさまの意図があっての結婚だったらしい。

その事情があっても、それぞれ相手を大事に思っているのが伝わってきて、こちらも笑顔になる。

さらに聞けば、ふたりとも職場で秘書として夫の仕事をサポートしているんだとか。

「おふたりとも公私ともにパートナーなんですね。すごいです」

「なに言ってるの。貴斗くんと結婚した美幸ちゃんが一番すごいって私たちの間で共通認識になっているのよ」

感嘆の声を漏らした私に、わかなさんが勢いよく返してくる。千鶴さんは苦笑しつつ否定はしない。そこで男性陣の注意もこちらに向いた。

「そうそう。どんなにじいさんに言われても貴斗は結婚に対して首を縦に振らなかったし、じいさんも半ば諦めていたからな」

宏昌さんがしみじみと呟くと雅孝さんが軽く頷く。

「身内やこいつを知っている人間はみんな驚いたさ。もしかして、なにか脅された？」

「どうしてそういう発想になるんだ」

雅孝さんの質問に貴斗さんが眉をひそめる。

「あ、いえ。その……」

「美幸ちゃん、結婚生活に不満があるなら最初に言っておいた方がいいわよ」

わかなさんが拍車をかけ、私は自分の気持ちを必死にまとめる。

「貴斗さん、すごく優しくしてくださっています。最初はバラバラに生活していましたが今は一緒に食事をする機会も増えて、忙しくても帰る前には必ず連絡を入れてくださいますし、私のこともよく考えてくださって……」

なんだか質問の答えになっていないし、上手くまとめられていない。この場にいる全員の意識がこちらに向けられている状況で、私は懸命に思考を巡らせる。

「私、貴斗さんと結婚してよかったです。まだ数ヶ月ですが……感謝してもしきれません」

誰かのために食事を用意して一緒に食べたり、今日あった出来事を軽く報告し合ったり、帰ったときに明かりが点いている部屋とか、そんな些細なものひとつひとつが嬉しくて幸せだ。ひとりじゃないって思える。そばに彼がいる。

話を聞いていた宏昌さんは穏やかに頷いた。

「そうだな。結婚するって知ったとき、あの貴斗が誰かと生活を共にできるのかって心配したけれど、今では帰宅前に連絡を入れるほどまめになったって聞いたし、上手くやっているみたいでよかった」

「結婚が人を変えるって本当なんだな」

しみじみと呟いたのは雅孝さんだ。そしてわかなさんが口を挟む。

「結婚じゃなくて美幸ちゃんが変えたんじゃない？」

「私もそう思います。貴斗さんも幸せそうですし、よかったです」

千鶴さんは嬉しそうで、自分で言っておきながらなんだか恥ずかしくなる。ちらりと貴斗さんの方を見ると、視線がはっきりと交わった。

余計なことを言ったかなという思いは、貴斗さんのかすかな笑みに消えていく。

私たちの結婚は、お互いに抱えている条件をクリアするためのものだ。わかっている。でも心地いい結婚生活を送れているのは貴斗さんのおかげだから。

楽しい時間はあっという間に過ぎて、ここに来るまであんなに緊張していたのが嘘みたい。


帰宅してから私はワンピースを脱いでハンガーにかけると、普段着に着替え、アクセサリーを外した。魔法はあっという間に解ける。

疲れと高揚感が入り混じる中、リビングのソファでぼんやりとくつろぐ。

別れ際に『次は結婚式で』と挨拶され、まだおじいさまへの挨拶や結婚式の段取りなどしなくてはならないことがたくさんあるのだと実感する。

軽く息を吐いて、そっと左手の薬指に視線を送る。今日はお義兄さんたちに会うので結婚指輪をつけていた。けれど、今ははめていない。さっきネックレスやイヤリングとともに外してしまった。

だって普段はしていないし、私にとっては結婚指輪をつける方が特別だ。

とはいえ、わかなさんや千鶴さんの左手の薬指に結婚指輪が光っているのを見て、いつもつけているんだろうなと思うと少しだけ寂しくなった。

ソファの背もたれから体を浮かす。

なにを考えているんだろう。貴斗さんに必要なのは結婚しているという事実だけだ。

「大丈夫か？」

ふと声をかけられ目線を向けると、同じく着替えた貴斗さんが心配そうな顔をしてこちらに近づいてくる。

「今日はこちら側の都合に付き合わせて悪かったな」

「いいえ。貴斗さんのお兄さんたちやわかなさん、千鶴さんにお会いできてよかったです。大人数で食事したのも久しぶりですし、貴斗さんがお兄さんたちにいかに大事にされているのか伝わってきました」

「お節介なだけだ」

苦虫を嚙み潰したような表情に笑いが込み上げてくるのを我慢する。疲れもあるのか、ふわふわと浮いている感じだ。

貴斗さんはゆっくりと私の隣に腰を下ろした。

「素敵なご家族ですね」

大きなイベントが終わった後の安堵感と共に感じる寂寥感。少しだけノスタルジックな気分になるのはそういうことだ。冷静に言い聞かせていると右手が取られた。そして貴斗さんの射貫くような眼差しとぶつかる。

「今は、美幸が俺の家族だろ」

彼の口から紡がれた言葉に目を丸くし、その後で何度も瞬きを繰り返した。

胸の奥がじんわりと熱くなり無意識に貴斗さんの手を繋ぎ返そうとする。ところがその前に、彼から指を絡め直し強く握られた。

手のひらから伝わる体温や、すぐ隣にある温もりに私は気持ちを固める。

「あの、貴斗さんはなにか欲しいものとかありますか?」

「どうした、突然?」

彼の疑問は当然だ。でも、どうしても聞きたかった。

「だって私、してもらってばかりですから、なにかお返ししたくて」

「気にしなくてかまわない」

私の必死の訴えは、予想通り軽くあしらわれる。たしかに必要なものがあれば貴斗さんは自分で手に入れてしまう人だ。この結婚だって……。

「なら妻として私に望むことがあれば、もっと言ってください」

やや声のトーンを落として食い下がってはみたもののすぐに考えを打ち消す。

貴斗さんは私や結婚に対してもなにも期待していないって言っていたのに。

どう言い直そうか迷っていると、空いた方の手で優しく頭を撫でられた。

「心配しなくても俺が欲しいものも望んでいることもちゃんともらうから」

それは私からってこと？　具体的に貴斗さんがなにを指しているのかわからない。

「……感謝しているのは俺の方なんだ」

優しく呟かれ、小さく頷く。

うん、よかった。貴斗さんが私と結婚した本当の理由は、さすがにあの場では話せなかったけれど彼がそう思ってくれているのなら、私で役立てているのなら……。

伝えたいのに、急に睡魔が襲ってきて声にならない。瞼が重たくなって勝手に下りてくる。

「疲れただろ、少し眠るといい」

繋いでいた手を肩に回され、貴斗さんにもたれかかる体勢になった。

低く通る声が耳に心地いい。唇に温もりを感じたが目は開けられず、私は夢の中へと沈んでいった。

第六章　夫婦デートで気づいた事実

八月最終週の金曜日、仕事を終えた私は脇目も振らずにマンションへ直帰した。自室に入り、急いで通勤服から用意していた服に着替える。

悩みに悩んだコーディネートはこの前、貴斗さんに買ってもらったドッキングワンピースで落ち着いた。トップスは黒でシックながら袖口は小花があしらわれたレース生地でシースルーになっている。下のフレアスカートは青みを帯びたピンク色の花柄で全体的に大人っぽさを意識した可愛いデザインだ。

鞄とパンプスとアクセサリーを合わせ鏡を何度も見つめる。

うん、いい感じ。

化粧を丁寧に直し、まとめていた髪をほどく。癖のある髪が肩先で揺れ、鏡と睨めっこすること数十秒。面倒だし再びまとめ上げようとしたが、その手を止めた。

『こっちがいい』

貴斗さんの言葉を思い出し、ヘアアイロンでゆるく毛先をワンカールさせて髪は下ろしたままにする。スタイリストさんにアドバイスされた内容を不器用に実行しただけだが、それだけで印象が変わり自分ではないみたい。

時計を確認するともういい時間だ。支度を終えた私はマンションを後にした。

もうすぐ九月だというのに一向に暑さは収まらない。それでも日が沈んでちょっとは気温が下がった。化粧崩れを心配しつつ目的地へ急ぐ。

今日は貴斗さんとデートの約束をしている日だ。

事の発端は数日前、リビングで新聞を読んでいると水族館で開催されているナイトアクアリウムの記事が目に入った。

夏季限定で夜の水族館が楽しめると紹介されている。水族館なんてもうずっと行っていないなとぼんやり感想を抱いていると不意に声がかかったのだ。

『行きたいのか？』

読むのに集中していた私は、すぐそばに貴斗さんが来ていたことにまったく気づいていなかった。

『え、あ、いいえ。面白そうだなって思っただけです』

曖昧に笑うと、貴斗さんは呆れたような面持ちで私を軽く小突く。

『美幸は行きたいのか？　行きたくないのか？』

どうやら答えはふたつにひとつらしい。

『……行きたいです』

そこから貴斗さんはナイトアクアリウムの開催期間と自分のスケジュールを確認し、私の都合も聞いたうえでさっさと一緒に行く段取りをつけた。

貴斗さんは来月に新会社のお披露目を控えていて忙しくしている。申し訳なさから謝罪の言葉を口にしそうになったが、その前に彼が口を開く。

『美幸とデートしたかったからちょうどいい』

デートと認識していいんだ。ならこういうときは謝るんじゃなくて……。

『ありがとうございます。貴斗さんとのデート、すごく楽しみにしています』

笑顔でお礼を告げると貴斗さんは私の頭を撫でる。

彼の優しい表情を見る機会がずいぶんと増えた。ずっと見ていたくて、私は胸をときめかせる一方だ。

その日はあっという間にやってきて、ソワソワしながら現地へ向かう。

貴斗さんも帰宅してマンションで合流しようかと提案されたが丁重にお断りした。

忙しい彼はするべきことがたくさんあるだろうからギリギリまで仕事をしたいだろうし、それに――。

『待ち合わせをするのもデートの醍醐味（だいごみ）じゃないですか？』

私の意見に貴斗さんは苦笑しつつ同意した。

私の方が時間に余裕があるし、貴斗さんを待つのも悪くない。駅の改札を抜けて最寄り駅から歩く。だいぶ辺りは暗くなり、群青色の空が夜の始まりを告げていた。

こんな高揚感は久しぶりかも。

水族館はイルミネーションをしているので遠くからでもよく目立つ。点灯しはじめた頃なのか、足を止める人々がちらほらいた。

待ち合わせは入口前の時計台で、針は午後五時四十五分を指している。六時の約束だからおそらく私が先に着いただろう。

ところが、時計から視線を下ろして自分の目を疑う。

「え……？」

時計台の下には同じように待ち合わせをしているのか、それなりの人が集まっている。大学生らしきグループ、家族、恋人。その中でも一際目立つ存在があった。

貴、斗さん？

ネクタイをしていないが襟付きの白シャツに紺のジャケットを羽織り、黒に近いグレーのズボンスタイルはクールビズでもプライベートでも通用しそうだ。

すらりと背が高く、端正な顔立ちは近寄りがたい雰囲気を醸し出しているものの十分に目を引いている。現に大学生グループの女子たちがこそこそと貴斗さんに視線を送りながら盛り上がっていた。

当の本人である貴斗さんはスマートフォンの画面を見つめている。自分に集まる視線に気づいていないのか、気にしていないのか。おそらく後者だろう。

余裕が一転、私は大慌てで駆けだした。とはいえそこまでスピードは出せない。

「貴斗さん」

呼ばれたからか気配を感じたからか顔を上げた貴斗さんと目が合う。

「お、お待たせして……」

よろよろと彼の前で止まり、フォローしようにも声が上手く出せない。

そんな私に彼が一歩歩み寄る。

「待っていないから、落ち着け」

「すみま、せん。私……」

浅い呼吸を繰り返し、ようやく息を深く吐く。隣の大学生集団から幾人かの視線を感じるが、そこまで気を回せない。

「謝る必要はない。俺が早く来すぎたんだ」

「お仕事、大丈夫ですか？」

「大丈夫じゃないならここにはいない」

それもそうだ。けれど忙しい彼を待たせてしまったのは申し訳ない。思えばお見合いのときも貴斗さんは先に来ていた。同じ失敗をしてしまったと心が痛む。

気を取り直し、私はある決意をして貴斗さんを真っ直ぐに見つめた。

「次は私が貴斗さんを待ちますから！」

力強く宣言すると貴斗さんが目を丸くする。あれ？　と思い、冷静に考えると妙な宣言だと気づいた。そもそも次があるのかさえわからない。

どう言い直そうかと思考を巡らせている間に、貴斗さんは口元をわずかに緩めた。

「いいんだ。美幸を待たせるくらいなら待つ方がいい」

仕事と一緒で相手を待たせたりしないってことかな？　貴斗さん真面目だし。でも私をって？

意味が理解できずにいる私の頭に貴斗さんがそっと手を置いた。

「もう待たせて泣かせるのは御免だからな」

そこで彼の意図を悟る。貴斗さんは、マンションで彼を待ったときの出来事を気にしているらしい。

「あ、あのときは特別で……その、待つこと自体はまったく問題ないので」

しどろもどろに言い訳する私を止めるかのごとく、貴斗さんは頭に触れていた手を離し、その手を改めて差し出した。

「結果的に予定より早く合流できたんだから、これでよかっただろ」

目をぱちくりとさせ、そっと彼の右手をとった。すぐに力強く握られ、自然と笑顔になる。

チケット売り場に並ぼうとしたら先にインターネットで購入した貴斗さんに制される。さっきスマートフォンの画面を確認していたのはそういうことらしい。

「さすが貴斗さん！」

「相変わらず大袈裟だな」

手間いらずで館内に入り、私は尊敬の眼差しを貴斗さんに向ける。仕事でもこういった場面でも彼はそつがない。

きっと慣れているんだろうな。女性とこうやってデートするのも。

胸がちくりと痛み、思考を振り払う。私には関係ない話だ。

「私、水族館に来るの、すごく久しぶりです」

照明が落とされた夜の水族館は初めてだけれど。わざと明るくを告げると、なぜか貴斗さんは考え込んでしまった。

どうしたのかと見つめていると彼がおもむろに唇を動かした。

「……俺は、初めて来るな」

「ええ!?」

思わず大きな声が出てしまい、慌てて口をつぐむ。ただでさえ貴斗さんと一緒にいて、いらぬ視線を感じているのにこれ以上注目を浴びる真似は避けたい。

「そんなに驚くことか?」

「いえ、だって……」

正直、意外だった。デートとか、そうではなくても家族で来たりとか、なにかしら機会はありそうなものなのに。

「とくに行きたいとは思わなかったんだ」

私の顔色を読んだ貴斗さんがあっさり答える。たしかに貴斗さんと水族館ってなんだか不思議な組み合わせかも。興味がないのなら仕方ない。

一方で貴斗さんがここに来るのが初めてだと知って心が勝手に浮上する。しかし、すぐ別の角度に考えは移った。

「あの、今回は私に付き合わせてしまってすみません」

私の謝罪に貴斗さんは気まずそうな表情を浮かべ、目を逸らした。

あえて突っつくところではなかったかな。どうであれ貴斗さんがデートだと誘ってくれて嬉しかったのに。

「美幸となら来てみたいと思ったんだ」

「え？」

不意打ちで呟かれたかと思えば、繋がれていた手に力が込められる。だから聞き返しそびれた。

伝わってくる手のひらの温もりは確かで、私は貴斗さんの横顔を盗み見る。

暗い中、水槽の光を反射して彼のすっと伸びた鼻筋や顎のラインがくっきりと浮かび上がっている。涼しげで隙のない顔立ちは相変わらずだ。でも歩調を私にさりげなく合わせてくれている。

「次、あっちのダークナイトコーナーに行きましょう！」

素直に希望を口にすると、貴斗さんが微笑む。思わず見惚れるほど穏やかな表情だ。できれば隣でずっと見ていたい。その願いは口にはできなかった。

ダークナイトコーナーはその名の通りほぼ暗闇で、明かりといえば水槽をわずかに照らすライトと足元の非常灯のみだ。

「はぐれるなよ」

さりげなく手を引かれ、貴斗さんに密着する。

「はぐれたらどうします？」

緊張を誤魔化すために、わざと調子よく尋ね返す。するとこちらを見下ろした貴斗さんと視線が交わった。

「……私、昔家族で水族館に来たときに迷子になっちゃって」

貴斗さんの回答を聞く前に早口で切り返した。なんとなく貴斗さんの答えを聞くのが怖かったから。

水槽に目を向けてぽつぽつと語りだす。

「すごく不安で寂しくて、泣いちゃったんです。周りの大人が声をかけてくれたんですけど、怖くなる一方で……」

もう二度と両親と会えない気がした。子ども心に、あのときのひとりになった恐怖心ははっきり覚えている。

「その後、無事に父に見つけてもらえたんですけれどね。母は泣いていました」

「はぐれたときは下手に動かないのが鉄則だな。子どもはすぐに動き回る」

黙って話を聞いていた貴斗さんが冷静に分析する。貴斗さんは迷子など経験したことはなさそう。

私は苦々しく笑った。

「父にもそう言って叱られました。必ず探しに行くから迷子になったらじっとしてろって。あのときひとつ賢くなりましたね」

あれ以来迷子になったことはない。懐かしく胸の奥がわずかに痛む思い出だ。

結局、貴斗さんが私のペースに合わせ、一通り館内を一緒に回った。夜ならではの特別感を存分に楽しみ、今度はイルカやアシカのショーなどを見るために昼にも改めて来たいと思うほど、すっかり水族館の虜になる。

少し遅めの夕飯は、貴斗さんが予約していた水族館に隣接するお洒落なレストランでとる。

水族館と内部で繋がっていて、どちらの建物も同じ建築家がデザインしただけあって統一感があった。

レストランは白とシルバーを基調とした開放感溢れる内装で、カジュアルすぎず高級すぎずとても居心地がいい。

水族館を意識しているのか、していないのか魚料理が美味しいと評判のイタリアンのお店だ。

「美幸はワインでかまわないか?」

席に案内されドリンクメニューを手に取ったタイミングで貴斗さんに声をかけられる。いつもの癖でミネラルウォーターを注文しようとして慌てて思い留まった。

『私がワインを飲んでみたいんです』

貴斗さん、私との約束を覚えていてくれたんだ。

「はい。よろしければ貴斗さんが選んでください」

どれがいいのかわからないので、ここはおとなしく貴斗さんに任せる。ワインを飲むのが初めてなうえ白と赤の違いさえ曖昧だ。

貴斗さんは甘めの白ワインを選んだ。乾杯してグラスに口をつけると葡萄の香りがしっかりして軽い口当たりに驚く。

「美味しいです」

「空腹だとすぐにアルコールが回るから、ほどほどにしておけよ」

思わず感嘆の声を漏らすと、ちゃっかり釘を刺される。

「はい」

私は笑顔で答えた。そして客観的に今の自分の状況を見るとなんだか不思議な気持ちになる。貴斗さんみたいな人と一緒にいて、お酒をこうして飲んで、デートというものをしている。

少し前の私なら考えられない。なにより彼みたいな人と結婚するなんて。

「貴斗さんといると、初めてのことばかりです」

完全なひとり言だったので、相手に聞こえるか聞こえないほどの声になった。しかし、貴斗さんは耳聡く聞いていたらしい。

「それは美幸にとっていいことなのか？」

まさか質問が返ってくるとは思ってもみなかった。

「も、もちろんです。いろいろ経験できて貴斗さんには感謝しています！」

『俺と結婚も経験してみないか？』

貴斗さんとこうやって過ごすのが結婚だというのなら十分すぎるほどよくしてもらっている。貴斗さんは元々真面目な人だから、自分の発言を律儀に守っているんだ。

ところが、お礼を伝えたつもりの私の返答に貴斗さんの表情が一瞬曇る。え？ と思ったのも束の間、気のせいだったのか、すぐにいつもの涼しげな顔になった。

ホッとするのと同時に気を引き締める。貴斗さんはどんなときでも、どんな場所でも余裕たっぷりだ。でも私は慣れていない状況ばかりで正直、今も緊張している。

いいのかな、彼の結婚相手としてこのままそばにいても。

その考えが頭の中を過ぎり、即座に否定する。私たちは最初からお互い承知の上で割り切って結婚した。貴斗さんからなにか言われない限り、余計な気を揉む必要はない。それはつまり私の特別な感情も感傷もいらないってことなんだ。

貴斗さんに食事のお礼を告げてレストランを出ると、外は眩い光に彩られていた。水族館に入る頃より辺りはすっかり暗くなり、イルミネーションをより引き立たせている。これもこの水族館の見所のひとつだ。

今から入館する人もいるが、イルミネーションを眺めている人はさっきよりも圧倒的に多い。

「少し見ていってもかまいませんか？」

興奮気味に尋ねたタイミングで貴斗さんが携帯を取り出す。画面を確認し渋い顔をしてから彼はこちらを向いた。

「悪い、ちょっと出てくる」

「はい。私、ここで待っていますね」

貴斗さんは電話に出て、人のいない方へ歩き出す。私は少し離れたところにあるベンチに腰を下ろした。

ここにいた方が貴斗さんもわかりやすいよね。

目の前に広がる光景を目に映し、私は光る世界に意識を集中させた。

「美幸ちゃん？」

夢中になっていると突然名前を呼ばれ、空耳を疑いつつきょろきょろと首を動かすと見知った人物が目に入る。

「咲子さん」

ベンチから腰を上げる。こちらをもの問いたげに見つめているのは、従姉の咲子さんだった。男性と一緒で、彼女たちもこのイルミネーションを見に来たのだと察する。

「どうしたの？　こんなところでひとり」

「あ、いえ……」

「そういえば父から聞いたわ。お見合いが上手くいってよかったわね」

質問しておきながら咲子さんは答えを待たずに矢継ぎ早に話を振ってくる。

「お見合い？」

反応したのは咲子さんと一緒にいた男性だった。スーツを着てがっちりとした体型だが、純朴そうな雰囲気を纏っている。

「そうなの。彼女は従妹で……。元々私に来たお話なんですけれど、譲ってあげたんです」

饒舌に語る咲子さんは、男の人と一緒だからか格好もメイクもいつも以上に気合いが入っている。髪も美容院でセットしたのかと思うほど綺麗にまとめられていた。

「彼女、両親を亡くしているんです。だから早く結婚した方がいいでしょう？　それに私には伸行さんがいますから」

続けられた発言に、わずかに心を乱された。

どうして初対面の人に私の事情をそこまで話すんだろう。

男性は満更でもない顔をしつつ、続けて憐れみを含んだ目を私に向けてくる。

「それはお気の毒に……。でも優しい従姉がいてよかったですね」

「……ええ」

私は感情を押し殺して短く答えた。

「あ、自己紹介が遅れました。僕は高田伸行と申します」

「伸行さんの家は高田通信株式会社をしているのよ」

すかさず補足された相手の会社名と咲子さんの態度でピンときた。おそらく彼は前に話していた咲子さんのお見合い相手だ。恋人同士のような甘い雰囲気はないが、上手くいっているらしい。

「美幸ちゃん、結婚指輪をしていないじゃない！」

突然の指摘に心臓が跳ね上がる。まるでとんでもないことをしていると窘められているようだった。たしかに私は結婚指輪をしていない。

お義兄さんたちに挨拶した機会にこれからもつけようかとも思ったけれど実行できていなかった。

「しかもその髪、前も言ったけれどもっとちゃんとしなさい」

事情を説明する間もなく咲子さんの勢いは止まらない。じろじろと見つめられ、居心地の悪さに肩を縮めそうになる。

「あのね、美幸ちゃん。妻の見た目や振る舞いが夫の評価にも繋がるのよ。灰谷さんもそれなりの人なんだから、恥をかかせたら失礼でしょ」

咲子さんに悪気はない。きっと親切心で言っているんだ。わかっているのにさっきから胃がキリキリ痛む。

なんだろう。この状況は……。

「私は」

「私がどうかしましたか？」

なにか返さないと、と言葉を発したのと同時に肩に温もりを感じる。

声が重なり驚いて横を向くと、戻ってきた貴斗さんが私の肩を抱いて咲子さんと高田さんに視線を送っていた。

いきなり現れた第三者に私だけではなく、咲子さんたちも戸惑いの表情を隠せないでいた。ただでさえ貴斗さんの外見は目を引く。

「妻がなにか?」

呆然とする私たちをよそに貴斗さんは冷たく尋ねた。

「いいえ。私、彼女の従姉の廣松咲子です」

「ああ」

貴斗さんはさして興味なさそうに答えたが、咲子さんは貴斗さんを食い入るような目で見ている。たしかお見合いのとき、咲子さんは貴斗さんの写真さえ見なかったと言っていたから、これが初対面だ。

「もしかして灰谷貴斗さんですか?」

そのとき興奮気味に割って入ったのは高田さんだった。

「伸行さん、灰谷さんをご存知なんですか?」

咲子さんが目を丸くして尋ねると、高田さんは大きく頷く。

「ええ。GrayJT Inc. から情報セキュリティに特化した会社が新たに設立されると業界では話題ですよ。たしかドイツの BSI とも繋がりがあるとか」

私も、おそらく咲子さんも話についていけない。貴斗さんが立ち上げる会社がそこまで注目されていて、すごいものだと改めて思い知る。

「まさか代表取締役となる灰谷さんの奥さんが咲子さんの従妹だなんて……。すごい偶然ですね。あ、申し遅れましたが私、父が高田通信株式会社の代表取締役をしていまして」

そこで高田さんが名刺を取り出そうとしたが、貴斗さんが静かに制した。

「仕事のことは改めて会社に問い合わせをどうぞ。失礼します」

一方的に会話を終了させ、高田さんは口をぽかんと開けている。咲子さんも信じられないといった表情だ。貴斗さんは一切気にせず、私の肩を抱いたまま歩を進め出す。

「おいで、美幸」

挨拶も適当に貴斗さんに促されるまま私もその場を離れる。背中に刺さる視線を受けながらも振り返りはしなかった。

しばらく人のいない方へ歩いてから、貴斗さんがおもむろに歩調を緩める。

「待たせて悪かったな」

「え、そんな。全然待っていませんよ」

即座に否定したが、本心だ。謝罪されるほど待っていない。けれど貴斗さんは厳しい面持ちを崩さない。

「なにを言われていた？」

「え？」

端的な言い方に首を傾げそうになるが、ややあって質問内容を理解する。貴斗さんの言いたいことも。

「な、なにも。ただ偶然従姉に会って、相手の方を紹介されただけで……」

さっきよりも早口で捲し立ててしまったものの嘘はついていない。とはいえ、そうやって必死に言い聞かせている自分もいる。

「そのわりに顔が強張っていた」

だから貴斗さんの指摘に息を呑む。彼に余計な心配をかけてはいけない。気のせいですよ、と言わないと。けれどどうしてか言葉に詰まる。

誰よりも私を見て、想ってくれている人の発言を否定してどうするの。

「美幸？」

黙ってしまった私に、貴斗さんが心配そうに呼びかけてきた。

「本当は……少し気を張っていたんです。なので、貴斗さんが会話を切り上げてくださって有り難かったですし、正直ホッとしました」

苦笑して答えてから、こちらが本心だったと気づく。自分自身さえ誤魔化そうとしていたけれどやっぱり私、好き勝手言われて嫌だったんだ。

そのとき頭に手のひらの重みを感じた。見上げると貴斗さんが無言で私の頭を撫でていて、目が合った瞬間、胸の奥からなにかが込み上げてくる。それを抑えようと私はさっと下を向いた。

彼に頭を触られていると咲子さんの指摘を思い出す。咲子さんの言う通り、彼の妻としてはどうなんだろう。もっと手をかけるべきなのかもしれない。

「今日の髪型」

心の中を読まれたのかと疑いたくなるタイミングで貴斗さんが話題を振ってきた。おかげで無意識に肩がびくりと震える。

「俺のために髪を下ろしてくれたのか？」

続けられた言葉に私は目を見張った。ぎこちなく顔を上げると、貴斗さんは意地悪そうに含んだ笑みを浮かべている。思わず否定しそうになったが、すんでのところで思い留まった。そしてしばし迷った後、彼からふいっと目を逸らす。

「そうです。貴斗さんのためです。貴斗さんが似合うと言ってくださったので……どうぞ、自惚れてください」

ぶっきらぼうな口調とは裏腹に、なんでこんなひねくれた言い方をしてしまったのかと後悔する。

そもそも自惚れているのは、どちらなの？　真に受けすぎだって貴斗さん、呆れているかな？

悶々と葛藤している間にさりげなく髪先を取られる。つられて私は視線を彼に向けた。

「よく似合っている」

先ほどとは打って変わって、貴斗さんは穏やかな表情をしている。さっきから感情がジェットコースターみたいに上昇と降下を繰り返して、自分でもついていけない。貴斗さんといると本当に初めてのことばかりだ。

彼を見つめていると、ゆっくりと顔を近づけられ唇が重ねられる。一瞬なのか、数秒なのか判断できない。彼が離れた後、一気に羞恥心に襲われる。

思わず後ずさりをしてしまい、よろめきそうになったが貴斗さんが素早く腰に腕を回して私を支えた。

「す、すみません」

キスに対してまずは反応するべきなのに、先に謝罪を口にするはめになった。ところが続きは貴斗さんに抱きしめられ声にならない。

外という状況も相まって心臓が早鐘を打ち出し、息が苦しくなる。嫌なわけではないけれど、このままでは身が持たない。

なにか空気を変えないと。ふと彼のスーツを握りしめている左手に注意が向いた。

「あの、貴斗さん」

声を上げたことで、回されていた腕の力が緩む。

「入籍したときに用意してくださった結婚指輪、ちゃんとつけておいたほうがいいですか？　奥さんとしては必要なことですし……」

動揺を悟られないようさりげなく尋ねた。咲子さんに言われたのも大きいけれど、貴斗さんと結婚しているのは事実だ。そこまで隠し通したいわけでもないし、そろそろつけてもいいのかもしれない。

「いや。べつにつけなくてもかまわない」

ところが貴斗さんの返答は予想を裏切るものだった。なんの躊躇いもない返事に勝手に傷つく。

それは、これからもなの？　それともこの前みたいに必要に迫られたときだけ？

来月、貴斗さんのおじいさんが帰国したら、貴斗さんの会社が軌道に乗ったら……。

「美幸は」

貴斗さんがなにか言いかけ我に返る。

「な、なんですか？」

慌てて聞き返すと私の勢いに押されたのか貴斗さんは面食らった顔になった。そして迷いを見せた後で静かに続ける。

「なんでもない」

貴斗さんの態度が拒絶に思えて、それ以上は尋ねられなかった。

どちらからともなく帰りの方向に足を向ける。

先ほどの電話はやはり仕事がらみのもので、明日までに仕上げなければならない案件ができたらしい。貴斗さんから、帰ってからも作業をするので先に休むよう告げられる。明日の帰りは遅くなるそうだ。

初めての貴斗さんとのデートは、私の希望に添った素敵なものだった。手を繋いで水族館を楽しんで、美味しい食事にイルミネーションも見て……。

さりげなくキスをされたことを思い出し、顔が熱くなる。

幸せいっぱいだったはずなのに、どうしてだろう。なにかが心の奥底で波立つ。小さな波紋は私の中で広がりをみせる一方だった。

翌日、貴斗さんは朝早くから仕事へ行ってしまった。せめてコーヒーくらいは淹れようと早起きしたものの逆に元気がないのではと指摘され、焦ってしまった。

私より貴斗さんの方が忙しくて、疲れているはずだ。そんな中で昨日は私の希望を叶えるために時間を作って一緒に出かけてくれたんだ。

彼の優しさが胸に沁みる。ここでかえって心配をかけてしまったら本末転倒だ。

なんとか誤魔化して貴斗さんを見送り、今日何度目かわからないため息をついた。

「なんか元気ないな」

「へ？」

ふと意識を戻すと、カップを持った小島先輩が労る眼差しでこちらを見ている。

今日は小島先輩がマンションを訪れる日で、昼過ぎにやってきた先輩は、貴斗さんがいないと知り、早々に帰ろうとした。

それを引き止め、せっかく来たのだからお茶でもどうかと申し出たのだ。

私もなにか飲もうと思っていたので、手間じゃない。アイスコーヒーを淹れて先輩に出したところだった。

「そんなことありませんよ！」

「そうか？　貴斗となにかあったなら言えよ。俺は廣松の味方だからさ」

言い切ってしまうのもどうかと思うが、先輩と貴斗さんの仲あってこその発言だ。

「ありがとうございます」

「にしても、俺もいい加減やり方を考えないとな。知り合いとはいえ、やっぱりこうやって旦那がいない間に家に上がるのはまずいだろ」

先輩は頭を掻きながら気まずそうに切り出す。

私自身は気にしていないし、この状況を望んでいるのは貴斗さんだ。結婚しても今まで通り小島先輩に来るようにはっきりと言っていた。

そう補足しても、先輩は煮え切らない表情のままだ。

「言ってたのは結婚してすぐの頃の話だろ？　あのときは、あいつは自分の生活ペースを変えるつもりはなかったし、お前に家事をやらせるつもりもなかったからだよ」

「でも、それは今もですよ。貴斗さんの生活に私がいるせいで、いろいろと今までのやり方を変えてしまうのは申し訳ないですし……」

貴斗さんにとっても、先輩にとってもだ。

「違う」

「え？」

きっぱりと否定され、私は目を瞬かせる。主語が掴めない。

先輩は珍しく真面目な顔で語りだす。

「あのときと今は違う。少なくとも、貴斗のそばにお前がいることはもう当たり前なんだ、貴斗にとっても」

口を挟む余裕がないほど真剣な声色で、彼は私に言い聞かせていく。

「変化はある種のストレスだ。でもな、変わること自体は悪いものじゃない」

その言い方に、心の奥に閉じ込めている本心を見抜かれている気がした。

ほんの刹那、沈黙が訪れた後、先輩はおどけた口調で別の話題を振ってくる。話が変わったことにどこかホッとして、素直に応じた。

コーヒーを飲み終えた小島先輩は今度こそ帰る支度を整える。

「今後についてはまた貴斗と話しておくな」

「はい。貴斗さんや先輩のいいようにしてくださいね」

玄関口で小島先輩は改めて私をじっと見つめてから口角をにやりと上げる。

「ま、今となっては結婚後も定期的に俺に来るように言ったのを貴斗は後悔しているかもな」

そう言い残し、軽く手を上げて去っていく。相変わらずマイペースな人だ。

ダイニングに戻りグラスを片付けようとしたら再びインターフォンが鳴る。先輩がなにか忘れ物をしたのかと思いモニターを確認すると、どうやらエントランスドアからの呼び出しだ。

「はい」

『こんにちは、美幸ちゃん。突然、ごめんなさいね』

声の主は咲子さんだった。意外な人物の来訪に驚きつつロックを解除する。セキュリティ対策のため駐在するコンシェルジュに繋ぎ、彼女を通すように連絡を入れた。

伯父にここの住所を伝えていたので、それを聞いたのだろう。けれど咲子さんがマンションを訪れる理由はまったく見当がつかない。

続けて玄関から来客を知らせる音が聞こえ、私は落ち着かないまま彼女を出迎える。

「突然ごめんなさいね」

「咲子さん、どうしたんですか？」

ドアのロックを開けると、咲子さんがひとり立っていた。

昨日とはまた違う雰囲気で、サラサラの髪を下ろし、大胆に胸元の開いたオフホワイトのワンピースは艶めかしく大人っぽい。

ひとまず中に招き入れると、彼女は手土産だと有名店のゼリーの詰め合わせを差し出してきた。続けて躊躇いもなくさっさと中に足を進め、リビングの中に視線を巡らせる。

「灰谷さんはどちらに？」

「貴斗さんは、今日仕事で朝からいないんです」

「なら誰かいらしてたの？」

間髪を入れず問いかけられ、虚を衝かれる。咲子さんの目は片付け途中の二人分のグラスに向けられていた。

「貴斗さんの知り合いの方ですよ」

「もしかして男性？」

「……ええ」

嘘をつくわけにもいかず、私は正直に答えた。言い知れない気まずさを覚えると、案の定咲子さんの眉がつり上がる。

「あのね、美幸ちゃん。夫がいない間に知り合いとはいえ男性を中に招き入れないの」

小島先輩にも同じ内容を指摘された。

ただ先輩がここを訪れるのは貴斗さんの希望であり、不在時の訪問も公認している。

私との関係も理解しているけれど、傍から見たら咲子さんの言い分はもっともだ。

「昨日も言ったでしょ？　妻の行動が夫の評価に繋がるのよ。灰谷さんも苦労されているわね」

やれやれとため息をつかれる。

『結婚後も定期的に俺に来るように言ったのを貴斗は後悔しているかもな』

もしかして貴斗さんの後悔ってそういう意味？　私、気が利かなかったのかな？

「……咲子さん、今日はどうされたんですか？」

抑揚なく静かに問いかける。まさか私にお説教をするために来たわけでもない。

口紅で彩られた彼女の唇が孤を描いた。

「やっぱり私が灰谷さんと結婚しようと思ったの」

聞き間違いを疑い、声が出なかった。だって無茶苦茶だ。

咲子さんの言っている相手は貴斗さんのこと？　でも貴斗さんは私と結婚して……。

「まだふたりは結婚を公にされていないんでしょう？　結婚を持ちかけた灰谷さんのおじいさまにもお会いしていないみたいだし」

咲子さんの口調に迷いなど一切ない。むしろ名案と言わんばかりの勢いだ。

「で、でも咲子さんには高田さんがいらっしゃるじゃないですか！」

「ええ、彼は長男で廣松テクノともいい関係を築けそうでしたから。でも灰谷さん、独立されて会社を設立されるそうね。しかも伸行さんのところより大きな会社だと」

私は眩暈を起こしそうだった。昨日、咲子さんは高田さんと仲睦まじく一緒にいたのに、今は違う人と結婚すると言っているなんて。

「そんなことで……」

「家の事情を優先するのは当然よ。美幸ちゃんにはわからないかもしれないけれど」

思わず漏れた本音に鋭い声が返ってくる。私は息を呑んだ。

咲子さんは笑顔なのに目が笑っていない。

「灰谷さんも同じでしょ。あなたたちだって愛し合って結婚したわけじゃないんだから」

「それは……」

続けられず返す言葉もない。たしかに貴斗さんと私が結婚したのは彼が会社を独立させるための割り切ったものだった。

だからといって『はい、わかりました』とは言えない。言いたくない。

「灰谷さん、大事にしてくれている？」

不意打ちの質問に私の反応が遅れる。咲子さんは冷たく笑った。

「でもね、美幸ちゃん。灰谷さんがよくしてくださるのは、あなたがかわいそうだからよ」

〝かわいそう〟という言葉に私の心は大きく波打つ。

「このお見合いの話をあなたに回したときに、父が美幸ちゃんの事情を話しているの」

咲子さんの発言が頭に入ってこない。喉が焼けるように熱くて過呼吸を起こしそう。

『君のことは、ある程度事前に聞いたよ』

私は貴斗さんと結婚してよかったと何度も思えた。でも、貴斗さんは？

私は結婚相手として彼のためになにかできている？　これから会社の社長となってますます忙しくなる貴斗さんの妻として相応しいものをなにか持っている？

違う。もしかしたら大きな勘違いをしていたのかもしれない。

『それに俺は結婚になにも期待していないし、君にもなにも期待しない』

……貴斗さんが私に求めているのは、結婚しているという事実だけだ。そして最初から、相手が私ではないといけないわけじゃなかった。

第七章　本当の気持ちをすくい上げて

すっかり日が落ち、夜が来る前に歩道の街灯が一斉に灯る。道行く人々を照らしだし、私は簡単な荷物だけを持ってフラフラと歩いていた。

状況が整理できず、とにかくひとりになりたくてマンションを飛び出したもののさっきから気持ちは落ち着くどころか、乱れていく一方だ。

どこに行くと決めたわけでもなく自然と足は父と母と住んでいたマンションの近くに向かっていた。こういうときこそ伝家の宝刀『実家に帰らせていただきます』というのを使うところなのかもしれない。

けれど生憎、私は持ち合わせていないのだからどうしようもない。

重い鉛を胸の奥に沈めたままひたすら足を動かしていると、やがてマンションの手前にある小さな公園が見えてきた。

ここでよく遊んだと記憶が一瞬で蘇る。ブランコがふたつと小さな滑り台、そしてベンチがふたつ。こぢんまりとした公園だ。

時間が時間なので誰の姿もなく、私は懐かしさを感じて奥のベンチに腰を下ろした。

子どもの頃、時間を忘れて友達と遊んでいるとよく母が迎えに来てくれた。門限はわかっていたけれど母が現れるまでと、わざと無視をしていた。

少しでも長く友達と遊んでいたかったのはもちろん、母が私を探して呼びに来てくれるのが嬉しかった。手を繋いで一緒に帰れるのが楽しみだった。

ノスタルジックに浸りそうになるのを慌てて振り払う。

今日の帰りは遅いと言っていたから、私がいないことに気づかないかもしれない。念のため書き置きも残してきた。

なんて書こうか迷ったけれど正直に【少し考えたいことがあるので時間をください。明日には必ず帰ります】と記した。

彼の耳に咲子さんの話が入るのはいつだろう。貴斗さんはなんて言うのかな。

離婚歴さえ気にしなければ、誰が見ても私より咲子さんと結婚した方がいいに決まっている。元々縁談話は、咲子さん宛にきた話だったし。

大丈夫。いつでも終わらせられると思ったから貴斗さんとの結婚を承諾した。どんな結果になっても受け入れられる。覚悟もあった。そのときがきただけだ。

ただ、割り切った関係だったのに思った以上に彼のそばにいるのが居心地よくなっていた。

『ひとりがつらいときは素直に甘えたらいいんだ』

膝の上でぎゅっと握りこぶしを作り、体に力を入れる。目頭が熱くなり、緩みそうになる涙腺をうつむいて必死で耐えた。

いつも必死で隠している私の弱い部分を、貴斗さんはいとも簡単に見抜いて溶かしていく。無意識に感情を押し殺すのが当たり前だったのに、彼の前では通用しない。そんな私でもいいんだって貴斗さんは受け入れてくれるから――。

好きなの。こんな気持ちになるのが初めてで、ずっと気づけなかった。気づかないふりをしていた。本当は離れたくない。もうとっくに貴斗さんは私の中でかけがえのない存在になっているから。

でも、どうしたらいいの？　生きていたらお父さんとお母さんはなんて言ってくれた？

どんなに心の中で話しかけても、答えはけっして返ってこない。わかっている。ふたりがいなくなってから嫌というほど思い知った。

やっぱりここに来たのは逆効果だったのかもしれない。今思えば、アパートを解約したのも失敗だった。

今の私には迎えに来てくれる人も帰る場所も、もうないんだ――。

「美幸！」

遠くから名前を呼ばれ、反射的に顔を上げた。幻聴？

しかし目に映った光景に私は固まる。息急き切った貴斗さんのそばには咲子さんの姿があった。

ふたりが一緒にいる事実に動揺が隠せない。立ち上がって硬直していると貴斗さんより先に咲子さんがこちらにやってきた。

「美幸ちゃん、あなた、忙しい灰谷さんにこんな手間をかけさせて、なにを考えているの？　だからあなたは」

「黙ってもらえますか？」

勢いよく畳みかけてくる咲子さんに貴斗さんが静かに言い放つ。冷たい声色に咲子さんも止まった。

「ここまで案内していただいたのには、感謝します。ここからは美幸とふたりで話しますから」

完全に仕事相手に対する口調だった。咲子さんは信じられないといった面持ちだ。

貴斗さんは淡々と咲子さんに続ける。

「さっきの馬鹿げた話は聞かなかったことにします。あなたのためにも、廣松テクノのためにもその方がいいでしょう」

「そんな灰谷さん」

どこまでも事務的な調子を崩さない貴斗さんに対し、咲子さんは縋るような表情と甘い声で訴えかける。

「それにあなたが話さないといけない相手は私ではないように思いますが？」

そのとき静かな公園に寄せて乱暴に車が停まる。見慣れない車だが、中から見知った相手が出てきた。

「咲子さん」

名前を呼ばれた咲子さんはあきらかに動揺を見せた。こちらに駆け寄って来たのは高田さんで、拒絶するのかと思ったら咲子さんの顔は血の気を失っていた。そんな彼女に高田さんは寄り添い、なにかを話した後で貴斗さんに頭を下げる。

おそらく高田さんに連絡したのは貴斗さんなのだろう。察せられたのはそれくらいで、高田さんは咲子さんを連れてこの場を去っていった。

事態が呑み込めない私は呆然とするしかない。

鋭い眼差しでふたりを見送っていた貴斗さんが、今度は心配そうな顔をして私に近づく。途端に私の心は申し訳なさでいっぱいになった。だから貴斗さんがなにか言う前に頭を下げる。

「すみません。お忙しい貴斗さんに迷惑や心配をかけるつもりはなかったんです。あの、書き置きを残してきたのですが……」

「見たよ。でも俺が迎えに来たかったんだ」

言い訳がましい私に対し、貴斗さんはさっきとは違って優しく答えた。おずおずと顔を上げると貴斗さんがわずかに厳しい表情になる。

「彼女に言われたことは、なにも気にしなくていい」

強い意志が伝わってくるのに、私はなにも答えられない。そして貴斗さんが私の手を取った。

「美幸は今のままでいいんだ。帰ろう」

その瞬間、反射的に私は彼の手を払う。

「……無理です」

絞り出すように声にして、驚きで目を見開いている貴斗さんに次ははっきりと告げる。

「私、これ以上貴斗さんの奥さんをできません」

この言葉を皮切りに私の勢いは止まらなくなった。

「なんで？　どうしてですか？　条件を叶えるためなら結婚相手は咲子さんでもいいじゃないですか。どうして私なんですか？　貴斗さん、私にはなにも期待していないって言ったのに」

熱くなる一方で冷静な自分が語りかけてくる。

子どもみたいにムキになって、わざわざ探して迎えに来てくれた貴斗さんに失礼なことを言って、私はなにがしたいの。

でも止められない。だって貴斗さんが私に優しくするのは……。

「私、私が……」

『灰谷さんがよくしてくださるのは、あなたがかわいそうだからよ』

かわいそうだから——？

「知りたくなったから」

貴斗さんの呟きに暴走していた思考が停止する。静かに彼を見つめると、貴斗さんは軽くため息をついた。

「元々俺は他人に合わせるのも、他人からなにかを求められるのも面倒で、仕事以外ではひとりでいる方が楽だった。だから美幸に結婚を持ちかけたのもお互いに干渉しない割り切ったものがよかったからなんだ」

そういう話だった。現に結婚したとき、貴斗さんは自分の生活スタイルを変えるつもりはないと言っていたし、私自身に興味を抱くことだって――。

「でも美幸が泣いたとき、初めて知りたいと思った」

「え？」

思わぬ内容に目をぱちくりとさせる。貴斗さんは降参といわんばかりの困惑めいた表情になった。

「どうすれば美幸は喜ぶのか、笑ってくれるのか。笑顔の裏で抱えているものがなんなのか。興味も期待も抱いていなかったのに、美幸のことが知りたくて心を開いてほしくなった」

なにを言われたのかすぐに呑み込めない。

だって、その言い方だとまるで……。

貴斗さんはしっかりと私の目を見て続ける。

「俺と結婚してよかったと必ず思わせる。少しずつでいい、美幸が本音や弱音を言えるようになるまでいくらでも待つ。だからこれからもそばにいてほしい、俺の妻として……愛しているんだ」

固まったままでいる私の頬にそっと触れ、貴斗さんはやるせなさそうに尋ねる。

「返事は？」

「私」

声を出したのと同時に、心の奥底できつく蓋をしていたものが溢れ出る。それは涙になって表れた。視界がみるみるうちに滲んで、鼻の奥がツンと痛む。

顔を背けたいのに、頬に添えられた貴斗さんの手が邪魔をする。むしろ彼の手を涙が遠慮なく濡らしていった。手のひらの温もりが私の虚勢を溶かしていく。

「怖いん、です。失うのが」

唇が震えて音になったのか、ならなかったのか。けれどずっと私の中に刺さっていた欠片がぽろぽろと形になって剝がれ落ちていく。

「もう、嫌です。あんな、思いを、するの」

嗚咽(おえつ)混じりに訴えて、普段は触れようとしなかった自分の本心を改めて実感した。

置いていかれるなら、ひとりにされるくらいなら、最初から大事な人はいらない。

貴斗さんとの結婚を承諾したのは、彼が私を好きになるわけないし、私も彼を好きになるとは思えなかったから。

お互いにかけがえのない存在にならずにいれば、きっとどんな別れ方をしても傷は浅くて済む。

そう考えて、ひとりになってから誰にも深入りせずに自分を必死に守ってきた。

ただ、花嫁姿を楽しみにしていた両親のために、結婚して幸せになるのを願っていた父と母へのせめてもの親孝行だと思って結婚した。

別れる事態になっても平然と受け入れられると思っていたのに……。

突然、貴斗さんに力強く抱きしめられ、私は彼の腕の中に収まる。驚きのあまり息が止まりそうなった。

「絶対に美幸をひとりにはしない。約束する。一生かけて幸せにしてみせる」

続けて耳に届いた宣誓（せんせい）が聞き間違いではないと実感したくて、私はおもむろに顔を上げる。色素の薄い貴斗さんの瞳が真っ直ぐに私を捉えていた。

彼の手が再び私の頬に添えられる。

「だから信じて受け入れてほしい。なにも心配せず、俺に愛されることを」

今度は違う感情で涙が溢れ出る。

割り切った結婚だったのに、いつの間にこんなにも貴斗さんと離れるのがつらくなってしまったんだろう。

「本当、予定外すぎます」

無理矢理、泣き顔で笑ってみせる。軽い口調に貴斗さんも微笑んだ。

「それはこちらの台詞だな」

「私、貴斗さんと結婚したこと心底後悔しました」

唇を尖らせ、精いっぱいの強がりを口にする。

もう貴斗さんを諦められない。離れたくないの。

意味を悟った貴斗さんは余裕のある笑みを浮かべた。

「なら、嫌でもよかったと思わせてやる」

もうとっくに思っていますよ。

それは声にならなかった。貴斗さんに唇を重ねられ私も静かに受け入れる。

「美幸以外は欲しくないんだ。俺を選べ、もう手放さない」

私はかすかに頷いた。今まで懸命に張ってきた予防線がゆるやかに崩れていく。

完全に失う怖さがなくなったわけじゃない。でも、それを背負ってでも貴斗さんのそばにいたい。

『たくさん迷って悩んだけれど、それでもお父さんと一緒にいたいと思ったの。だからなにも後悔していないわ』

いつかの母の台詞が蘇る。

お父さん、お母さんもこんな気持ちだった？　一緒になって幸せだった？

貴斗さんは、私の目尻に指を滑らせ、とめどなく流れる涙を拭うと優しく微笑んだ。

その顔をずっと見ていたい。願ってもいいんだ。

そっと取られた手を、今度は振り払わず応えるように強く握り返した。


結局、私の逃避行は数時間で終わり、貴斗さんの車でマンションに帰ってきた。当然のようにここに戻ってきたのが、なんだか不思議な気分だった。

「あの、仕事は大丈夫ですか？」

「心配ない。元々予定していた件が早く片付いたんだ」

ネクタイを緩めながら答える貴斗さんにさらに尋ねる。

「……どうして私があそこにいるってわかったんですか？」

「美幸が言ってただろ」

『父と母に話を聞いてほしくなったら、ここか、たまに以前住んでいたマンションの近くまで足を運んだりするんです』

自分でも忘れていたなにげない会話。両親のお墓参りの際に話したことを貴斗さんは覚えていてくれたんだ。

そして、ついでと言わんばかりに貴斗さんは咲子さんと一緒だった事情も説明しはじめる。

元々、貴斗さんの携帯に咲子さんから連絡があったことがきっかけだった。

伯父から連絡先を聞いたそうで、大事な話があると言ってきた咲子さんを、仕事があるからとそのときはそっけなく扱ったらしい。

ところが帰宅して私の置き手紙を見つけた貴斗さんは、直感で咲子さんが絡んでいると確信し、咲子さんに連絡をとって話を聞く代わりに以前、私が住んでいたマンションに案内するよう頼んだそうだ。その際、高田さんにも連絡をとったんだとか。

高田さんが迎えに来たときの咲子さんの態度からすると、もしかしてふたりの間になにかあったのかもしれない。

突然、貴斗さんとの結婚を言い出したのも高田さんが関係しているのかな？

気まずさはあるものの彼女は従姉だ。また改めて咲子さんと話ができればと思った。

先に寝支度を整え、パジャマ姿でリビングのソファに腰掛け、今日の出来事を走馬灯のように振り返る。いろいろなことがありすぎて、どこか現実味が湧かない。

天井をぼんやりと見つめ、その流れで貴斗さんから告白された内容を思い出すと、勝手に顔が熱くなって跳ね上がりそうになった。

頬を両手で覆い、身を縮める。湯上がりのせいも合わさって体が熱い。

それと同時に自分で彼のそばにいると決めたのなら、今日みたいなことはないようにしなければと反省する。

『忙しい灰谷さんにこんな手間をかけさせて、なにを考えているの？』

どんな理由であれ、咲子さんの言う通り貴斗さんに余計な心配をかけさせたのは事実だ。そこに貴斗さんがバスルームから出てきたので、私は勢いよく立ち上がる。

「どうした？」

「貴斗さん、今日はごめんなさい」

私は深々と頭を下げた。意味がわからないという面持ちの貴斗さんに私は力強く続ける。

「私、貴斗さんの奥さんとしてもっと頑張ります。見た目も中身も少しでも釣り合うように努力しますから。結婚指輪もちゃんとつけて」

「無理をしなくていい」

私の決意はあっさり一蹴され、出鼻をくじかれる。こうなってくると逆に寂しささえ覚えた。

「無理だなんて……」

口ごもっていると、貴斗さんはテーブルにおいていた小さな手提げ袋を持ってそばにやってきた。彼は私の隣に腰を下ろすと、中から小箱を取り出す。

「結婚したからとか、俺の妻だからとか関係なく、そのままの美幸でそばにいてくれたらいいんだ」

そう言って差し出されたのは正方形の黒い箱で、私はおずおずと受け取る。

蓋を開けると、ぴったりはまったケースが顔を覗かせ、私は慎重に扱いながら中身を見た。

ゆるくカーブしたプラチナの指輪が姿を現し、真ん中の大きなダイヤモンドに添うように色のついた宝石が並んでいる。すごく綺麗だ。

「これを結婚指輪としてつけてほしいんだ」

「ええっ!?」

驚きのあまり素で叫んでしまう。

「で、ですが、指輪はすでに用意してくださっているのが」

「わかっている。あれは便宜上のものだから改めて美幸のために用意した」

私は貴斗さんと手元の指輪を交互に見た。

『いや。べつにつけなくてもかまわない』

以前、結婚指輪をつけようかと問いかけたとき、あっさり断られたのはこの指輪の存在があったから？　いつから考えていてくれたんだろう？　わざわざ私のために……。

ケースの中で惜しみなく輝いている指輪を見ていると、あるものが浮かんだ。

「もしかして、これ」

「そう、梔子の花がモチーフになっている」

直感でそう思えた。白い輝きを放つダイヤモンドは花をかたどっている。母の思い出が詰まった私の大好きな花。

「俺はそこまでジュエリーに詳しくないから、小島におすすめのデザイナーを何人か見繕ってもらっていたんだ。その後で美幸が梔子の花を好きだと聞いたから」

『おいおい、それが探し物に協力してやっている恩人に言う台詞か？』

小島先輩がマンションを訪れたときの発言を思い出す。

「それで……」

あのときには、貴斗さんは私のために新たに結婚指輪を用意しようと考えていたんだ。

「美幸が気に入るようなデザインをオーダーメイドしたから少し時間がかかったが、結婚したから指輪をはめるんじゃない。美幸自身にずっとつけていたいと思ってほしいんだ」

「……ありがとう、ございます」

感情が昂って、声が震える。手の中にある指輪を焼きつけるように目に映し、私は微笑んだ。

「俺がはめてみても？」

「あ、はい」

幸せな気持ちに浸っていると、貴斗さんにさらりと提案され条件反射で答える。貴斗さんは慣れた手つきでケースから指輪を取り出し、私の左手をとった。

触れられたこともあり一気に緊張が増す。

なんだか結婚式みたい。

貴斗さんはまったく躊躇せず私の左手の薬指にゆっくりと指輪をはめていく。

ひんやりとした金属が指を撫で、やがて奥の位置でしっかりと止まった。ほぼ指輪をはめたことがない指なので多少の違和感はあるが、きっとすぐに慣れる。

「サイズは？」

「ぴったりです」

私は左手を顔の前にかざし、穴が開くほど薬指を見つめる。

「綺麗。大事にしますね」

笑顔で答えて自然と右手で、指輪を外そうとする。サイズも確認できたしもう十分だ。

「なんで外そうとするんだ」

しかし貴斗さんから待ったがかかった。

「え、だって……」

「ずっとつけていてくれるんじゃないのか？」

わずかに不機嫌さを滲ませた貴斗さんに私は慌てた。

「その、今日はもう寝るだけですし。また改めて」

つけます、というのは声にならない。不意に貴斗さんが私の左手の指先を握った。

そしてゆっくりと指と指の間に自分の指を絡めていく。

「本当に？」

「え？」

意味がわからず聞き返すと、貴斗さんは意地悪そうに微笑んだ。

「本当に、もう寝るだけなのか？」

「えっと」

一瞬考えを巡らせ、すぐに貴斗さんの言おうとした内容をなんとなく悟る。けれど、どう答えていいのかわからない。返答に困っていると、繋がれた左手を引かれ軽く唇が重ねられた。

「嫌だったか?」

至近距離で貴斗さんが尋ねてくる。

「そういうのは、する前に聞くものじゃないですか?」

動揺しているのを顔には出さず、平静を装って切り返した。貴斗さんは相変わらず涼しげな面持ちで、余裕の差を見せつけられる。

「聞いたらなんて答えていた?」

「嫌だって言ってました」

間髪を入れない私の回答に、さすがに貴斗さんの表情が揺れた。それを見て少しだけ満足し、私は素早く彼に口づける。

「嘘です」

本当に触れるだけの簡単なキスなのに、心臓が破裂しそうに痛くなる。私にとってはかなり勇気の必要な行動だった。

「貴斗さんこそ、結婚したからとか私を慰めるために優しくしたりとか、そういうことをするのはもうなしですよ」

　照れもあり、早口で捲し立てた。結婚してからの貴斗さんの歩み寄りには本当に感謝している。でも、もう必要ない。

「そんな真似をした覚えは一度もないが」

　ところが、さらりと返された言葉に私は目を丸くする。

「結婚したからとか、美幸を憐れんだわけじゃない。美幸が可愛くて愛おしいから触りたくなるし、優しくしたいんだ」

　完全な不意打ちだった。今まで貴斗さんが私に優しくするのは結婚しているという理由が大きいからだと思っていた。

　先手を打つつもりが、逆に大きな爆弾を落とされる。

「だいたい美幸は買いかぶりすぎだ。俺はそんな優しい人間じゃない」

「優しいです！」

　すぐさま私は主張した。お世辞ではなく本心が衝いて出る。

「貴斗さんは、両親の話を聞いても、同情するわけでも、腫れもの扱いをするわけでもなく、私自身を見て接してくれましたから」

　気遣われるのが嫌だからと言い訳して、本当は私の方がずっと他人と距離を置いてきた。誰かと深く関わるのが怖くて、両親の話もできなかった。

けれど貴斗さんの前なら両親のことも自然と口に出せて、ありのままの自分でいられる。強がっている部分をあっさり見抜いて、私の弱さも受け止めてくれる。

そんな人、貴斗さん以外にいなかったし、これからもきっと現れない。

「だから、その……」

続ける言葉は決まっているのに上手く声にできない。自分の気持ちを形にするのがこんなに難しいなんて思いもしなかった。

でも……。

私は彷徨わせていた視線をしっかりと貴斗さんに向ける。

「貴斗さんが好きです。ずっとそばにいてください」

生まれて初めての告白に感情が溢れて泣きそうになる。続けて貴斗さんの反応を窺う間もなく彼にきつく抱きしめられた。

「離してほしいと言っても、もう二度と離さない」

耳元で囁かれた声には真剣さが滲んでいて、今度こそ私の瞳から涙が零れる。優しく頭を撫でられると涙腺は緩む一方だ。

そっと頬に手を滑らされ、おもむろに顔を上げる。すぐそばに貴斗さんの顔があって、そのまま唇が重ねられた。

今まで何度かキスはしてきたけれど、こんな満たされた気持ちになるのは初めてだ。

唇を幾度となく食まれ、時折舌で舐めとられる。完全に受け身だったけれど、次第に物足りなさにも似た焦れるような感覚に陥り、胸が締めつけられる。

貴斗さんが唇を離そうとしたので無意識に身を乗り出し組ってしまいそうになった。

ふと自分の行動が恥ずかしくなるのと同時に、貴斗さんが微笑む。

「もっと?」

頬に添えられていた手が顎に滑らされ、彼の親指が私の濡れた唇をなぞる。

「貴、斗さん、は?」

返答を迷ったあげく、質問に質問で返した。

貴斗さんは、もういいのかな? 私だけ求めているのだとしたら――。

「これ以上したら歯止めが利かなくなる」

低く艶っぽい声が耳に届き、私の思考を停止させる。貴斗さんは唇が触れるか触れないかギリギリの距離まで顔を近づけてきた。

「やめてほしいと言われても、もうやめてやれない。美幸が」

自分の唇で彼の口を塞ぎ、続きを封じ込める。目を見開く貴斗さんを見つめると彼の茶色味を帯びた瞳に自分の姿を捉えた。

「やめてほしくないです。私、経験ないのであまり偉そうなことは言えませんけど……でも、結婚したからとかじゃなくて、貴斗さんが好きだから。もっと触ってほしいし、近づきたいです」

勢いに任せて気持ちを吐き出すと、貴斗さんは苦虫を嚙みつぶしたような顔になった。

「美幸を傷つけたくないから必死に抑えていたのを……」

なにかに耐えているのが声色にも表れている。

自分の主張が間違っていたのかと不安になっていると、貴斗さんは打って変わって強い決意に満ちた目で私を見つめた。

「遠慮はしない。煽った責任は取ってもらうからな」

返事をする前に再び唇が重ねられる。さっきよりも性急で強引な口づけが始まった。乱暴さはなくて、甘さたっぷりの触れ方に胸が高鳴る。唇の間を舌でなぞられ、躊躇いがちに口を開くとより深く求められた。

「んっ」

ねっとりと絡みつく感触に肩が震え、応えたいのに方法がわからない。

舌を歯列に沿わされたかと思えば、口内をくまなく舐めとられ、ゆるやかに蹂躙(じゅうりん)されていく。与えられる刺激は初めてのものばかりで、無意識に腰が引けそうになる私を貴斗さんがさらに強く抱きしめ、より密着する形になった。

ソファに両足を乗り上げ、彼の腕の中に収まり、ますます逃げられない。

「んっ。んん……」

鼻に抜ける甘い声がキスの合間に勝手に漏れた。唾液の混ざり合う水音が直接脳に響く。息をするタイミングも掴めなくて、心許なさに貴斗さんにしがみつくと落ち着かせるように頭を撫でられた。そんな優しさに胸が詰まる。

このまま溺(おぼ)れてしまいたい。

願望とは裏腹に、貴斗さんはゆっくりとキスを終わらせた。

名残惜しく唇が離れ、わずかにぼやけた視界に彼を映す。いつもの涼しげな雰囲気とは違って、欲を湛えた熱い眼差しに息を呑む。

「っ、好き……です」

溢れる想いが勝手に言葉になる。唇も舌も麻痺(まひ)して、自分のものではないみたい。

貴斗さんは唐突な私の告白に目を見張り、前髪を掻き上げながら軽くため息をついた。いちいち様になる仕草に見惚れてしまう。一方で、貴斗さんの態度に不安になる。

なにか失態を犯したのか。

ところが貴斗さんは再び私を引き寄せて背中に腕を回した。

「……きゃぁ！」

続けて突然の浮遊感に叫び声を上げてしまう。気がつけば素早く膝下に腕を回され貴斗さんに抱きかかえられていた。反射的に彼の首に腕を回して、体勢を整える。

「美幸が可愛すぎて、あやうくこのままここで抱きそうになった」

「え？」

足を動かしながら貴斗さんは呟く。視線を送ると、貴斗さんと目が合った。

「でも、せっかくの夫婦の初夜には不粋だろ」

余裕のある笑みに私は今さら顔を赤らめる。貴斗さんの首に回していた腕に力を入れ、隠れるように彼にくっついた。

「すみません、私のために」

謝罪して、なにかが違うと気づく。

こういうとき、どういった態度をとるのが正解なの？

色気もムードもなくて申し訳ない。心臓の音が相変わらず大きくて、身の振り方を迷ってしまう。

「謝らなくていい」

私の心を見透かしたタイミングで貴斗さんが返してきた。そして彼は器用に自分の寝室のドアを開け、ベッドに近づいていく。

自動でダウンライトが点き、あらゆるものの輪郭を浮かび上がらせた。緊張で体に力を入れると、ゆっくりとベッドに仰向けに下ろされる。

背中に柔らかい感触を受け、次に視界に映ったのは、白い天井を背景にこちらを見下ろしている貴斗さんだった。

必要以上に瞬きを繰り返していると貴斗さんが私に覆いかぶさってくる。二人分の体重にベッドが軋み、彼との距離が再び近くなる。硬直している私に、貴斗さんは優しく微笑んだ。

「俺が美幸をじっくり愛したいんだ」

頬を撫でられ、額に口づけが落とされる。そのまま彼の手は私の頬から首に滑り、鎖骨あたりをゆるやかに撫でる。

くすぐったいような、焦らされているような感覚だった。触れられた箇所が熱を帯びるのに対し、鳥肌が立っていく。熱いのか、寒いのか判断できず、受け止め方に困惑してしまう。けれど、やめてほしいとは思わない。

貴斗さんの手のひらは温かくて心地いい。彼は、私のパジャマのボタンを外しながらさらに肌に触れ続ける。

パジャマがはだけ、開放的になった胸元をとっさに隠そうとするのを、なんなく貴斗さんに止められた。

「隠すな。見たい」

「で、でも」

触れられるのを受け入れても、恥ずかしさはどうしようもない。抵抗を見せると、貴斗さんは私の腕を取り、ベッドに縫いつけた。

「美幸のすべてを俺のものにしたいんだ」

至近距離で告げられ、彼の真剣な表情になにも言えなくなる。貴斗さんは触れるだけの口づけをした後、今度は私の首筋に唇を這わせていく。

「やっ」

さすがに小さな悲鳴が漏れる。手のひらとは全然違う感触に体も頭もついていけない。

避けようにも私の両腕は貴斗さんに捕まったままなので、ろくに動けずされるがままだ。唇だけではなく、時折舌でも刺激され、背中が震える。

「やっ、だ」

初めての経験に勝手に声が出てしまう。貴斗さんの唇が肌をなぞるたびに、彼の色素の薄いサラサラの髪も肌に触れ、もうどこに神経を集中させたらいいのかわからない。そして胸にちくりとした痛みを感じ、眉をひそめると貴斗さんはようやく顔を上げた。

「本当に可愛いな」

肩で息をする私に対し、貴斗さんは不敵に微笑む。

「貴斗さんは……やっぱり意地悪です」

小さく反抗しても、貴斗さんは笑みを崩さない。彼との経験の差を見せつけられて悔しかった。思えば、私だけあられもない姿を晒している。

「それは心外だな」

貴斗さんは掴んでいた私の手首を離すと、今度は空いた手に自分の手のひらを重ね、指を絡めて握り直した。応えたくて指先に力を込めると貴斗さんはそのまま私の左手を取り、ゆるやかに自分の口元へ持っていく。

薬指にはめている結婚指輪に軽く目を遣ってから、その近くに唇を寄せた。

あまりにも様になる光景に目を奪われる。そして貴斗さんと視線がはっきりと交わった。

「愛しているんだ。誰よりも」

迫力ある眼差しに射貫かれ、息を止める。声を出すどころか瞬きさえできず貴斗さんを見つめ返すしかできない。

すると顔を近づけられ、そっと唇を重ねられた。

「美幸は？」

唇が離れるのとほぼ同時に問われる。お互いの息遣いが伝わるほどの距離だった。

「私、も……」

ああ、もう。きっと貴斗さんにはなにをしても敵わない。

彼から目を逸らさずにいると、再び口づけられる。

「好き」

キスの合間に呟くと、貴斗さんが優しく微笑んだ。その表情だけで泣きそうになるのに、濡れた唇を何度も重ねられ、思考力が落ちていく。

彼の左手が再び私に触れ始め、思わず声が漏れそうになるのをキスが封じ込めた。

「ん、んんっ」

嫌なわけでも、本気でやめてほしいわけでもない。

ただ、なにも考えられなくなりそうで、溺れそうで怖い。

「溺れたらいい」

あまりにも絶妙なタイミングに心臓が激しく音を立てた。キスを中断させた貴斗さんは続けて首筋から耳元にかけて丁寧に舌を這わせていく。ゾクゾクと皮膚の奥から攻め立てられている感覚に陥っていると、耳たぶに唇を寄せられた。

「なにがあっても絶対に離さない」

その言葉を聞いて、私は思いきって自分から貴斗さんに抱きついた。彼の首元に顔を埋め、表情も声も隠す。けれど私に触れる彼の手を止めようとはしない。

溺れても捕まえていてくれるのならきっと大丈夫。ひとりじゃない。

貴斗さんの温もりが、言葉が、態度が証明してくれる。考えられたのはそこまで。

私は素直に貴斗さんに身を委ね、彼に溺れていった。

第八章　あなたと幸せになるための結婚

大きな手のひらが優しく頭を撫でている。

懐かしい心地よさに安心する反面、これは夢なんだとすぐに悟った。

やめてほしくないいな。夢だとしたら、覚めないでほしい。起きたらひとりだから、ずっとこのまま温もりに包まれていたい。

「んっ……」

うっすらと目を開けると、やはり夢だったのだと寂しくなる。ところが次の瞬間、伝わる温もりのほか、手の感触までもがむしろリアルに伝わってきた。

「起きたか？」

さらには耳によく通る低い声に夢現だった私の意識は徐々に覚醒していく。

「貴斗、さん？」

疑問形で名前を呼ぶ。起きてすぐなので上手く声が出せない。私に寄り添うようにしてすぐそばに貴斗さんがいた。

「おはよう、美幸」

頭を撫でながら穏やかに告げられ、耳当たりのいい声に私は目を細めた。

「おはよう、ございます」

なんだ。夢じゃなかったんだ。ひとりじゃない。

嬉しくなって頬が緩む。続けて無意識に体勢を変えようとしたところで、ふと自分がなにも身に纏っていないことに気づいた。

それを皮切りに昨晩の出来事がありありと蘇り、幸せだった気持ちは一転し羞恥心で体を丸める。

「わ、私……」

貴斗さんから離れ、ベッドの中に身を隠そうとする。けれどすぐに貴斗さんに阻まれ、造作もなく彼の腕の中に捕まった。恥ずかしさと気まずさで心拍数が上昇する。

こういうとき、どうしたらいいんだろう。

自問自答を繰り返し混乱していると、貴斗さんは私の髪先に指を通した。

「体は大丈夫か？」

静かに尋ねられたその質問がどういう意味か、わざわざ聞き返すほど私も子どもじゃない。顔が熱くなるのを感じつつ、真面目に気遣われると答えないという選択肢はなかった。

「大、丈夫です」

正確に言うとわずかに下腹部に鈍い痛みが残っていて、それがさらに自分の身に起こったことを実感させていく。

たしかにここで昨日、彼に求められて愛されていた。

「本当に？」

鋭い問いかけに記憶を辿っていた私の胸がドキリとする。

嘘をついていると思われた？　でも申告するほど大事じゃない。

返事を迷っていると貴斗さんが私に回している腕の力を強めた。

「悪い。美幸が可愛すぎて手加減できなかった」

私は目を丸くする。わずかに身動ぎして貴斗さんと視線が交わった。

「謝らないでください！　本当に平気です。その、私……」

抱かれたのが嫌だったとか、彼に不満があったとかそういうふうに捉えられるのは絶対に避けたいし、そんな気持ちは微塵もない。とはいえ……。

貴斗さんから目を逸らし、震える口で必死に言葉を紡ぐ。

「貴斗さんはなにも悪くないんです。ただ、私がみっともないところをいっぱい見せちゃったから、恥ずかしくて……今も、貴斗さんを前にどうしていいかわからないんです」

ここまで正直に言う必要があったのかは甚だ疑問だけれど、下手に取り繕って誤解されるよりよっぽどいい。

それにしても、やっぱり経験がなさすぎるのも問題だ。もっと大人な対応をして、貴斗さんとの朝を迎えたかったのに。

後悔の渦が巻き起こりそうになる。そのとき、前触れもなく顎に手をかけられ、上を向かされると貴斗さんから唇が重ねられた。

「ん」

完全な不意打ちに驚きが隠せない。すぐに離れると思った唇は、予想に反し巧みに深い口づけに誘っていく。

「ちょっと、待っ」

抗議しようにもすぐさま唇を塞がれ甘い口づけが続けられる。背中に回された腕が熱く、強引なキスとは相反して、空いた手は繊細に私に触れていく。

自分勝手なようで私のペースを見計らってなのが、憎い。

そう思う一方で、自ら舌を差し出し応えようとしている私がいる。好きだから、本気で拒めるはずもない。

「貴斗さん」

キスが終わると、私は恨めしげに彼の名前を呼んだ。しかめ面の私のおでこに貴斗さんは苦笑しながら自分の額を重ねる。

「美幸を愛している」

文句を口にしようとする前に貴斗さんが囁き、私は目を見張った。

「どうしようもないくらいに」

照れも躊躇いもまったくない。むしろ動揺しているのは私の方だ。

「そ、そんなので誤魔化されませんよ」

「誤魔化していない。事実を口にしたんだ」

余裕たっぷりの貴斗さんとは反対に、心臓が痛いほど強く打ち出す。軽く唇が重ねられ、私は照れくささを払いのけるように彼の肩を押した。

「とにかく服を着させてください。私ひとりだけ……あっ」

抗議は最後まで声にならない。

彼を押しのけようとした手を逆に取られ、背中をベッドに預ける形になった。その勢いのままどういったわけか貴斗さんが私に覆いかぶさる。

私はじっと彼を見上げた。

「なん、でしょうか？」

急に弱気になった私の頬を貴斗さんはおかしそうに撫でる。カーテンの隙間から降り注ぐ光がとっくに日は昇っていると教えているけれど、薄暗さやこの体勢が昨晩のことを思い起こさせ心をかき乱す。

貴斗さんの笑みは妖艶そのもので、焦らすように私の唇を指でなぞる。

「ひとりだけが心許ないなら、俺も脱ごうか？」

「そういう問題じゃ……」

力なく反論しようとすると、喉元に唇を落とされ、さすがに小さな悲鳴が漏れる。

「やっ」

「美幸といると自制心が効かなくなる」

そう言って貴斗さんが私の肌にゆるゆると触れ始める。どうしてこんな流れになったのか。なにが貴斗さんのスイッチを入れたのかわからない。

生理的な涙が目に膜を張り、視界をぼやけさせる。すると貴斗さんが一度動きを止め、私の顔をそっと覗き込んだ。

目元に彼の親指が沿わされ、堪えられなかった涙が溢れる。

「美幸を泣かせたいわけじゃないんだ。こんな感情は初めてで、正直俺自身持て余している」

戸惑い気味に白状され、私は瞬きを繰り返す。思わぬ貴斗さんの告白にどこかホッとした自分がいて、その思いが口を滑らせた。

「……私も、全部初めてです」

こんなふうに愛されるのも、求めるのも。

貴斗さんと出会って、今まで押し殺していた感情が揺すぶられて、切なくなったり苦しくなったりもした。でも、それ以上に幸せを感じる。

翻弄されてばかりで、自分だけ心を掻き乱されていると思っていた。貴斗さんはなにもかも慣れていて初めてなのは私だけなんだって。でも、そうじゃないんだ。

「今日は貴斗さんがご飯を用意してくださいね」

唐突なお願いに貴斗さんは目を丸くするが、私はかまわず続ける。

「それから、コーヒーも淹れてほしいです」

そして貴斗さんの目をしっかり見つめて、一度唇を噛みしめた。

「たっぷり甘やかしてくれるなら、私……」

言わんとするニュアンスが伝わったらしい。貴斗さんは口角を上げて、私の瞼に口づけた。

「妻を甘やかすのは、夫の役目だな」

貴斗さんの笑顔に胸が詰まって声にならない。代わりに私も微笑み返すと、どちらからともなく唇を重ねる。

「……っん。んんっ」

甘い口づけの傍ら触れる手は驚くほど優しくて、丁寧に扱ってくれているのが伝わるからなにもかも許してしまう。

「みっともないどころか、美幸のすべてが可愛いんだ」

吐息混じりに囁かれ、冷めきっていない昨晩の熱がくすぶりだす。好きという気持ちが溢れて、私は彼の頬に触れた。

「本、当は……目が覚めたときに、貴斗さんがそばにいて嬉しかったんです」

恥ずかしさですぐにそっけない態度をとってしまったが、夢だと思った温もりは現実だった。私がずっと欲しかったかけがえのないもの。

「だから……これからもそばにいてくださいね」

貴斗さんは一瞬、切なそうに顔を歪めてからすぐに笑った。

「美幸が望むなら全部叶えてやる」

誰かを好きになって、その人と思いを通わせて結婚できることがこんなにも幸せだなんて知らなかった。

私は絶対に両親みたいな結婚はできないと諦めていたのに、言葉通り貴斗さんが全部叶えてくれた。だから貴斗さんのために私にできることがあるなら応えたい。

ひとまず今はおとなしく貴斗さんに身を委ねるのが最優先かな？

正確には貴斗さんだけの希望じゃない。私だって彼をこんなにも求めているから。

意を決して今度は自分から彼の首に腕を回し口づける。貴斗さんの驚きつつも嬉しそうな表情に心が満たされ、なんだか泣きだしそうになった。


あんなに暑かった夏はすっかり過ぎ去り、過ごしやすく涼しい季節になっていた。

貴斗さんとの結婚式は十一月の大安の日曜日を選んで行われることになり、気づけば明後日に迫っていた。

なんだかまだ実感が湧かないのは、準備期間があまりなかったからか。

私はドライヤーを置いて、サラサラになった髪に指を通して鏡の中の自分と向き合う。

貴斗さんのおじいさまの帰国を待って挨拶に伺うと、とんとん拍子で話は進み、灰谷家の意向として挙式の会場や日取りなどあっさり決まった。

その流れに特段不満はない。私も廣松家の人間として幾人もの親戚を招待しなければならないが、それらの塩梅はすべて伯父に委ねているので私自身が奔走することはなかった。

唯一、出欠が気になっていた祖父は一時退院が叶い、出席するつもりでいるとはりきっている。

由緒ある家柄の人は大変だなと、ここにきてもどこか他人事だった。

お色直しのカラードレスや和装をはじめ、ウェディングドレスは私の好みのものを選ばせてもらえたし、一番の願いだった両親の写真を式場に置いてもらう話も無事に通ったのでもう十分だ。

さらには先日、前撮りも行った。私はとくに希望しなかったのだが、貴斗さんのご両親をはじめ、わかなさんや千鶴さんの後押しがあり実現した。

忙しくしている貴斗さんはいい返事をしないと思ったけれど、意外にも『いいんじゃないか』と肯定的で、悩んだ末にウエディングドレスは当日にとっておき、和装だけ前撮りを決めた。

数ある中から、菊の花があしらわれた桃色の色打掛を選ぶ。和装でもつい甘い系統のデザインを選んでしまうのは、やっぱり私の好みだ。

対して紋付き羽織袴姿の貴斗さんはとても素敵で、一目見て胸がときめいた。

興奮気味に褒めちぎる私を貴斗さんは身動ぎもせず見つめる。彼の視線を受けて首を傾げる私に貴斗さんは穏やかに笑った。

『美幸があまりにも可愛いから見惚れていた』

臆面もなく告げられ、はしゃいでいた私は一転しておとなしくなる。

そしてまだ紅葉には早かったが、外で撮影するにはぴったりなシーズンで前撮りは開始された。

慣れない姿やカメラを前に照れも入ってしまい、私はついぎこちなくなってしまう。そんな私に貴斗さんは普段通り優しくて、彼と他愛ないやりとりを交わしているうちに次第にリラックスできて、たくさんのいい写真が撮れた。

当日の練習になったのはもちろん、和装姿の貴斗さんとゆっくり過ごせて改めて前撮りはしてよかったと思う。

同時に貴斗さんの隣に立つ存在としてもっと頑張らないとと火がついた私は食生活を気をつけ、ダイエットを行っている。

さらに貴斗さんや式場の人の勧めもあって、ブライダルエステやヘアトリートメントなどをさせてもらい自分磨きに取り組んでいた。

それでも花嫁としては呑気な方なのかもしれない。

問題は私よりも貴斗さんでGrayJT Inc.グループの傘下として新設した会社の社長に就任し、慌ただしい日々を送っている。

前撮りのときも無理をして休みを取ったみたいだったし。

おまけに結婚の挨拶も重なり、ここのところずっと帰りが遅い。時計を見ると、今日も午後十時半を過ぎている。

遅くなるから夕飯は必要ないと先に言われていたとはいえ、気が気ではない。貴斗さんの体が心配だった。

バスルームから出て、連絡がないか確認しようとリビングに足を進める。

そしてリビングのドアを開けて、思わず目を見開き動きを止めた。

貴斗さん、帰っていたんだ。

目に飛び込んできたのは、ネクタイをわずかに緩めているもののスーツのままソファに体を横たわらせている貴斗さんの姿だった。

目は閉じられているが、仕事中の仮眠といってもおかしくない状態で、私は忍び足で近寄る。

体調が悪いのかと心配したけれど、そういうわけではなさそう。

濃いネイビーのシャドーストライプスーツは落ち着いた色合いながら、スタイリッシュなデザインで貴斗さんによく似合っている。彼の左手の薬指にはめられているのは私の指輪と同じデザインのもので自然と笑顔になった。

この指輪を贈られたときから、貴斗さんも結婚指輪をつけるようになった。そんな結婚したら当たり前のことひとつひとつに幸せを感じる。

眠っている姿さえ貴斗さんは絵になる。元々付き合う女性に困らなかったみたいだし、結婚したとしても貴斗さんに想いを寄せる女性は後を絶たないんだろうな。社長になったことでますます人前に出て目立つ機会も多くなっただろうし。

少しだけ寂しさを覚えて、私は次の行動を迷う。

起こすべきなのか、寝かせるべきなのか。

しばし逡巡(しゅんじゅん)しブランケットを持ってくる。ちょっとだけでも寝かせてあげよう。それくらい疲れているんだ。

慎重に貴斗さんにブランケットをかける。続けて慎重に離れようとしたとき、貴斗さんの目が見開かれた。

落ち着いた色素の薄いダークブラウンの瞳に捉えられ、私はなにも悪いことをしていないのにそのままの体勢で固まる。

「美、幸?」

半分寝惚けているのか、眉根を寄せて尋ねられ私は反射的に謝罪の言葉を口にする。

「起こしちゃってすみません」

「いや……」

短く答えて貴斗さんはゆっくり上半身を起こす。目元を手で覆い長く息を吐く姿に大丈夫かと尋ねようとしたが、先に彼の唇が先に動いた。

「最近、帰るのが遅くて美幸を待たせてばかりいるな」

申し訳なさそうなのは貴斗さんの方だった。私は首を横に振る。

「私はいいんです。貴斗さんは絶対に帰ってきてくれるってわかっているから。それより貴斗さんの体調が……」

そこで突然腕を取られ、引かれるまま腰をかがめて貴斗さんに近づく。さらに貴斗さんは、私の背中に腕を回すと力強く自分の腕の中に閉じ込めた。

おかげで私はソファの上に膝を乗せ、真正面から抱きしめられる形になる。

貴斗さんはなにも言わない。静まり返った部屋で自分の吐息や心臓の音がやけに耳につく。

貴斗さん、疲れているんだろうな。

あれこれ考える間もなく、私は貴斗さんの頭に手を伸ばしていた。

私よりずっと手触りのいい柔らかな髪が手の中を滑る。

「無理をしないでくださいって言っても貴斗さんは自分の決めたことをやりとげる人ですから……。ただ、私にできることがあったらなんでも仰ってくださいね」

言っておいて、具体的になにができるんだろうと考えると自分の無力さが悲しくなる。今も抱きしめ返して頭を撫でるのが精いっぱい。

これって夫にというより子どもに対してみたい。

内心で肩を落としていると、貴斗さんが腕の力を強めたので、触れていた手を止めた。

「いい匂いがする」

不意に漏らされた感想にどぎまぎする。おそらく彼の鼻孔(びこう)をくすぐったのはシャンプーの香りだ。

「あ、先にお風呂いただきました。貴斗さんもよろしければどうぞ。疲れを取ってきてください」

饒舌に入浴を勧めたが反応はない。不思議に思い顔を上げると貴斗さんが不敵に笑った。

「まずは美幸に癒されている」

そっと額に口づけが落とされ、貴斗さんからほのかにアルコールを感じる。結婚の挨拶や仕事上の付き合いを含め、会食続きなのは聞いている。今日もそうだったのだろう。

アルコールが抜けていないならお風呂はすぐには行かないほうがいいかも。

納得しておとなしく身を委ねる。貴斗さんの唇は続けて瞼に寄せられた。そのときふとスーツについた残り香が鼻をかすめる。

甘ったるいほんのわずかな香水の香り。もちろん自分のものではないし、貴斗さんのものでもない。

幸せだった気持ちが一転し、胸がぎゅっと締めつけられる。

「貴斗さん、今日も飲んでこられました？」

「付き合いで少しだけ飲んだが、酔ってはいない」

言い方に棘があったのか、貴斗さんは苦笑してフォロー混じりに呟く。責めたつもりはなかった。ただ……。

「今日は……女の人も一緒だったんですか？」

ぎこちなく口にしてすぐに後悔する。探るにしてもあまりにもあからさまだ。

「どうした？」

貴斗さんに尋ねられ、私は渋々答える。

「貴斗さんから甘い香りがするので……」

語尾は消え入りそうになった。だいたい一緒だったとしてもそれは仕事上の付き合いで貴斗さんを疑っているわけではない。なのに、この聞き方だとそう捉えかねられない。

気を悪くさせたのではと心配して貴斗さんを窺うと、彼は目を丸くしてこちらを見下ろしている。

そしてゆるやかに微笑んだ。

「父の代からお世話になっているご夫妻と食事したんだが、帰りに車で送ってもらった際、奥さんが隣に座ったから、そのせいだろうな」

スーツにわずかに香りが移った原因に納得して、いちいち指摘した自分が恥ずかしくなる。

「次は美幸も是非一緒にと話していた」

「そう、なんですか。それはありがとうございます……あの、変なこと聞いてすみません」

身を縮めて小さく謝罪すると、貴斗さんはなだめるように私の頭を撫でだす。

「謝らなくていい。むしろやきもちを妬く美幸が見られて嬉しく思ってる」

反射的に否定しそうになるのを喉の奥にぐっと抑え込む。だって間違っていないから。

私、嫉妬してたんだ。

一方で、貴斗さんの声が言葉通り嬉しそうなので、私としては反応に困ってしまう。

ところが次の瞬間、なにげなく背中に回されていた貴斗さんの手がゆっくりと下りていきパジャマの裾を翻(ひるがえ)した。

「え？」

「俺としては、美幸の香りを移してほしいんだが」

意地悪そうに呟かれ、唇が重ねられる。

体勢もあいまって素直に受け入れたものの心臓が早鐘を打ち出し、キスで口を塞がれたのもあってすぐに息が苦しくなる。根比べはいつも私の負けだ。

「ん、んん」

酸素を求めて口を開けば、容赦なく貴斗さんの舌が侵入してきて深く求められる。

落ちるのはあっという間だ。

密着度が増して、貴斗さんの手は私の素肌に触れたかと思えば、髪や頭を愛おしげに撫で口づけを続けていく。こんなふうに扱われたら抵抗できない。

ようやく唇が離れると、貴斗さんは私のおでこにこつんと自分の額を合わせた。至近距離で見る整った顔には言い知れぬ色気が漂っていて、心臓を鷲摑みされる。

一度強く抱きしめられ、貴斗さんは私を抱えたまま体の向きを変えると、自分も倒れ込むようにしてゆっくりと私をソファに押し倒した。

背中に柔らかい感触があり、視界に天井が映る。貴斗さんは安心させるように私の頬に触れ微笑んだ。そして体を起こしてスーツを脱ぎ、ネクタイに指をかけて乱暴に解く。その仕草に見惚れていると、再び私に覆いかぶさってきた。

「アルコールも人工的な甘い香りもいらない。俺を酔わせるのは美幸だけだ」

熱のこもった視線に、息を呑む。軽く首筋に口づけられ、身をすくめた。

貴斗さんの過去に付き合った女性とか、周りにいる女性に勝手に抱いてしまう嫉妬心は、こうやって彼自身の手で払拭される。

無意識に張ってしまう私の虚勢を貴斗さんはいつもいとも簡単に溶かしていく。

私、貴斗さんを好きになって、愛されて幸せだ。

とはいえ、毎日こんなに求められていたら正直体がもたない。新婚ってこれが普通なの？　飽きられたらどうしよう。

ある意味贅沢な悩みに頭を抱え、顔だけをちらりと横に動かす。すると肘をついてにこにこしながらこちらを見ている貴斗さんと視線が交わった。

結局あれから私は貴斗さんと共に、もう一度バスルームへ足を運ぶはめになり、今はふたりともパジャマを着て寝室のベッドで横になっている。

マンションに引っ越してきた当初、それぞれ自室で眠っていたけれど、同じベッドで朝を迎えるようになってから、貴斗さんはわざわざ新しいベッドを注文し、夫婦の寝室を作った。

おとなふたりでも余裕のあるキングサイズのベッドはまるでホテルのスイートルームさながらだ。

「もう明後日が結婚式だなんて信じられませんね」

ぽつりと呟く。まだまだと思っていたのに、本当に時が経つのは早い。

「そうだな。うちの事情であれこれ口を出させて悪かった」

会場や日程などについてだ。これればかりはどうしようもないし、気にしていない。貴斗さんの謝罪に私は笑った。

「いいえ、とんでもない。ドレスは好きなのを選びましたし十分です」

本心で答えたのに貴斗さんはどうも納得していない顔だ。

「美幸は、相変わらず欲がないな。もっといろいろねだってくれてかまわないんだが」

「でも、本当にそこまで結婚式にこだわりはなかったですし、両親に花嫁姿を見せられたらそれで」

突然、貴斗さんの指が私の唇に触れ、言いかけていた言葉を止める。貴斗さんは意地悪そうに微笑んだ。

「両親のためなのはわかっているが、俺のためにも着てくれるんだろ？」

なにを、というのは聞くまでもない。目をぱちくりとさせていると唇にあった貴斗さんの指は、ゆっくりと私の下唇をなぞりだす。

「美幸の花嫁姿を俺もとても楽しみにしている」

「あ、ありがとうございます。貴斗さんの妻として頑張りますね」

口にして急に緊張が走る。自分の親戚はもちろん、貴斗さんの親族や仕事の関係者に彼の妻として見られるのだ。

「頑張る必要はない。美幸は俺の横で幸せそうに笑っていたらそれでいいんだ」

私の不安をあっさりと払いのけ、貴斗さんは私の顔にかかった髪をそっと掻き上げて頬を撫でる。たったそれだけの触れ合いに満たされていく。

「貴斗さんの和装、すごく素敵でしたから洋装も楽しみにしていますね」

前撮りのとき、ひそかに自分のスマートフォンで撮影した写真をたまに眺めては幸せな気分に浸っている。

「俺よりも美幸だ。あのピンク色の色打掛、よく似合っていた。どんな美幸でもそばで見られるのは夫の特権だな」

「……それは私の方ですよ」

いつもきっちりとスーツを着こなしている貴斗さんが、こうして無防備にベッドでくつろぐ姿を誰が目にするんだろう。

穴が開くほど見つめていると、貴斗さんは微笑みながら軽く唇を重ねてきた。

「これでやっと名実ともに美幸が俺のものだって宣言できるんだから結婚式も悪くない」

「職場の同僚たち、すごく驚いていました」

思い出して苦笑する。

『結婚する』ではなく『している』と告げられ、さらにはその相手が自分たちの勤めるGrayJT Inc.を経営する灰谷家の人間だと言うのだから、職場での反応はすごかった。

最初は、貴斗さんとの結婚は私個人の事情だと捉えていたけれど、そうじゃない。法律上でも、世間から見ても私たちはれっきとした夫婦だって証明されている。

「仕事も一区切りつきそうだし、式が終わったら今より早く帰れるようになると思う」

貴斗さんの報告に純粋に安堵する。

立場的に忙しい貴斗さんが、こうして少しでも早めに切り上げて帰ってこようとしてくれるのは、私のためだって自惚れてもいいのかな？

「ありがとうございます、嬉しいです」

「美幸のためというより俺が早く帰って美幸と一緒に過ごしたいんだ」

小島先輩が聞いたら、また驚くだろうな。溢れかえる感情を胸に、私は自分から貴斗さんに抱きついた。

「私、貴斗さんが大好きです」

考えるより先に思いが言葉になる。私は改めて至近距離で貴斗さんを見つめた。

「結婚式、楽しみにしていてくださいね。招待客の皆さんはもちろん貴斗さんもびっくりするくらい綺麗にしていただきますから」

「これ以上、惚れさせてどうするつもりだ」

私がなにか返す前に唇が重ねられる。

当日は、晴れるといいな。貴斗さんもいつも以上にカッコよくて、きっと大勢の視線を集めるのだと予想がつく。

でもそんな彼の一番そばにいられるのは私なんだ。この先、永遠に――。

単純なもので、貴斗さんの言葉ひとつで私は明後日の結婚式がすごく待ち遠しくなった。

エピローグ

　そっと席を立ち、ドレスの裾を持って窓際まで移動する。ブライズルームの窓から見えたのは秋晴れという表現がぴったりの雲ひとつない空だった。

「晴れてよかった」

　安心して息が漏れた。

「本当、天気予報では微妙だったのにね」

「咲子さん」

　小さなひとり言は聞こえていたらしい。振り向くとソファに腰掛けている咲子さんがスマートフォンを確認していた。薄緑色の色留袖を着こなし、髪は和装に合わせて落ち着いた感じでまとめられている。

　私はドレスの裾を持ち、ゆるゆると席へ戻った。座る際に咲子さんがさりげなくプリンセスラインのドレスの裾を持ち上げ手助けしてくれる。

　スカート部分に重ねられたオーガンジーは可愛らしくもエレガントなデザインで一目で気に入った。その反面ロングトレーンはひとりで移動するのがなかなか大変だ。

「美幸ちゃん、今日は主役なんだから今はおとなしくしてなさい」

「……はい」

叱られた子どもみたいに眉尻を下げると、咲子さんは静かに私の後ろに立つ。姿勢よく目鼻立ちがはっきりしている咲子さんは和装もとても似合っている。

鏡越しに見つめていると、彼女と目が合った。

「みんな、あなたを見に来るんだから、灰谷貴斗の花嫁を。世界で一番幸せって顔をしてなさい」

咲子さんと直接会うのは、実は貴斗さんが公園まで私を迎えに来たあの日以来だった。どうしても気まずさが拭えなかったけれど、顔を合わせないわけにはいかない。

今日は私と貴斗さんの結婚式だから。

先に親族として支度を終えた咲子さんは、わざわざブライズルームにいる私を訪ねてきた。といっても差し障りのない会話をするだけで、正直戸惑ってしまう。

そんな中での彼女の発言に、わずかに身を固くした。

やっぱり咲子さんは私が貴斗さんと結婚することに納得していないのかな？

顔を強張らせていると、鏡の中の咲子さんの頬が急に緩む。

「嘘よ」

「え?」

「もう十分、世界で一番幸せって顔をしてるわ」

咲子さんは優しく笑った。続けて内緒話でもするかのごとく声をわずかにひそめる。

「さっきね、灰谷さんの親族がご挨拶に来てくださったんだけれど、美幸ちゃんのことなんて言ってたと思う?」

「な、なんて仰ってました?」

予想などまったくつかない私は顔を引きつらせて聞き返す。悪くは思われていないと信じたい。

咲子さんはいたずらっ子のような笑みを浮かべている。

「魔法使いですって」

「魔法?」

緊張して答えを待っていたのに、あまりにも想像していなかった答えで逆に混乱してしまう。対する咲子さんはおかしそうに頷いた。

「そう。あの灰谷さんが美幸ちゃんと結婚してまるで人が変わったようになったって。やっと人の上に立つのに相応しい顔になったと、とくにおじいさまが大喜びしているそうよ」

この婚約の発端である貴斗さんのおじいさまが帰国し、改めてふたりで挨拶に行った際、おじいさまは私より貴斗さんと話してばかりだった。

結婚に関しては元々おじいさまご自身が言いだしたことだから反対されるとは思っていなかったけれど、あまり興味を持ってもらえず、ちょっと心配になっていた。

でも、それは杞憂みたい。

「優しくて柔らかくなったって。彼のおじいさまは、久々に再会したとき、すぐにいい相手に巡り会えたって確信できたそうよ」

そんなふうに思われていたなんて夢にも思っていなかったので、胸がじんわり熱くなる。

魔法使いだなんてとんでもない。むしろ魔法をかけられたのは私の方だ。

「美幸ちゃん、ごめんなさいね」

不意に咲子さんの口から出たのは謝罪の言葉だった。目を見開く私に咲子さんはぽつぽつ語りだす。

実際に高田さんとお見合いして、その人柄にも惹かれ結婚に前向きだったが、それが会社のためなのか高田さん自身に対する気持ちなのか咲子さん自身、わからなくなったらしい。

逆に高田さんはどうして自分と結婚するのか、同じように会社のためで気持ちなど必要ないのか。そんな葛藤の末、どうせ会社のためと割り切るのなら貴斗さんと結婚した方がいいと自棄を起こしてしまったそうだ。

「妬ましかったのよ、美幸ちゃんが。かわいそうだって憐れんでやれたらどんなに楽だったか。両親を亡くしても、政略結婚をさせられそうになっても、いつも前向きで幸せそうだから。なににも縛られない美幸ちゃんが羨ましかったの」

「咲子さん……」

初めて聞く彼女の本音だった。咲子さんこそいつも自信に満ち溢れ、なんでも持っているイメージだったのに。

「でも、私も幸せになるわ」

咲子さんはそっと顔を上げ、私に、というより鏡に映る自分自身に力強く言い聞かせる。

「今度は美幸ちゃんが親族席に座って花を添えてね。灰谷さんと一緒に」

茶目っ気を含んだ言い方はいつもの咲子さんだ。彼女の左手の薬指には一粒ダイヤの輝く婚約指輪がはめられている。

伯父から咲子さんと高田さんの結婚話は聞いていた。あの後、ふたりでたくさん話をして、思いを確かめ合ったんだとか。あの場に高田さんを呼んだ貴斗さんの判断は適切だったんだ。伯父にも根回しをしておいたと後から聞いた。

　私は笑顔で答える。

「はい、喜んで」

　咲子さんは厳しい言い方も多いけれど、彼女に助けられたり、教えられたこともたくさんあった。これからも付き合えていけたら嬉しい。

「じゃあ、先に行くわね」

　咲子さんを見送り部屋には私ひとりになる。改めて鏡に視線を向けると、しっかり化粧を施され、純白のウェディングドレスに身を包んでいる自分がそこにいる。

　ティアラとロングベールは幼い頃から描いていた花嫁そのものだ。

　続けて視線を下にずらし、鏡台の傍らに置かれている両親の写真に目を遣る。

　貴斗さんや式場スタッフの配慮で、両親の写真を会場の一番いい場所に置かせてもらえることになったのだが、予備にともう一枚持ってきていた。

　せっかくなのでここで見守ってもらっている。父と母が笑顔で寄り添っている私のお気に入りの一枚だった。

　そのとき部屋にノック音が響き反射的に返事をする。式場のスタッフがそろそろだと呼びに来たのかもしれない。

ところが、現れた人物に私は目が点になった。

「貴斗さん」

シャンパンカラーのフロックコートを優雅に着こなし、ワックスで前髪を上げた貴斗さんは、モデル顔負けの威厳がある。

「素敵です。よくお似合いですよ！」

声を弾ませ感想を述べる私に貴斗さんは虚を衝かれた顔になる。そして苦笑しながらこちらに近づいてきた。

「それは先に俺に言わせてくれないか？」

立ち上がって迎えるべきかと悩んでいる間に貴斗さんはそばにやってくる。彼から目を離せない。

「貴斗さん、ありがとうございます」

わずかに目を見張る貴斗さんに対し、私はかまわずに微笑む。

「両親もきっと喜んでいると思います」

貴斗さんは、ちらりと鏡台に置いてある両親の写真を見た。

「元々、美幸が俺との結婚を承諾したのも、ご両親に花嫁姿を見せるためだったしな」

「そう、なんですけれど……」

納得している貴斗さんに私は遠慮がちに言い返す。すると貴斗さんは不思議そうな面持ちになった。私はそんな彼の目を見てはっきりと告げる。

「気づいたんです。父や母が本当に見たかったのは、花嫁姿の私ではなくて、幸せな私の姿なんだって」

両親が生きていたら、なんて声をかけてくれただろう。どんな顔をしていたのかな？

想像しかできないけれど、ひとつだけ確信を持って言える。

きっとふたりとも、今の私を見て写真の中と変わらない満ち足りた顔で笑ってくれるに違いない。だって——。

「貴斗さんと結婚して……私、世界で一番幸せです」

口にして涙が溢れそうになるのをぐっと堪える。せっかくメイクもばっちりで、まだ式も始まっていないのに泣くわけにはいかない。

そうしていると貴斗さんは背を屈め、そっとベールに触れ私に顔を近づけた。

「これからもずっと世界一幸せでいてもらえるように、なにに代えても美幸を守っていく」

真剣みを帯びた貴斗さんの瞳に捕まる。瞬きどころか息も止めて彼の言葉を受け止める。貴斗さんの手が私の頬にそっと触れた。

「ひとりにさせない。約束する」

目の奥が熱くなり、じんわりと温かいものが込み上げる。

「……っ、まさか挙式の前に誓ってもらえるとは思いませんでした」

「ご両親の前で美幸自身に誓えたら十分だ」

震える声でおどけてみせた私とは反対に貴斗さんは穏やかに笑った。涙がこぼれそうになる瞬間、彼の唇が額に触れる。とっさのことで驚き、涙も引っ込んでしまった。貴斗さんはしたり顔だ。

なにか返そうとしたところで、ノック音が聞こえる。顔を覗かせたのは式場スタッフで、今度こそもうすぐ移動するようにという案内だった。

「じゃあ、待っているから」

先に待機するのは新郎の方だ。貴斗さんを見送るのと同時に、私もスタッフに介添えされ移動の準備にかかる。

『美幸もいつかたったひとりの運命の人に巡り会えるわ』

母の朗らかな声と笑顔がはっきりと脳裏に蘇る。

ずっと一緒に歩いていきたいと思える人を私も見つけられたよ。

貴斗さんに出会わなければ、彼と結婚しなければ、私は臆病なままこの先も本心を隠してひとりを選んでいた。貴斗さんが私を変えてくれたの。

梔子を使った真っ白なブーケを持ち、背筋を伸ばす。讃美歌とピアノの音がチャペルの中から聞こえてきた。

扉が開きヴァージンロードの向こうには、穏やかな眼差しで私を見守る貴斗さんの姿があった。思わず泣きだしそうになったけれどすぐに笑顔になる。

貴斗さんと歩く未来を想像し、私は幸せを噛みしめて彼の元へと一歩踏み出した。

番外編　君と二度と解けない魔法【貴斗Side】

「お前の家族が廣松を魔法使いって言うの、共感しかないな。この冷徹無頓着男をこんなふうにしたんだから」

ウイスキーのグラスを傾け、小島がしみじみと呟くので、俺は眉をひそめつつ確認していた携帯をしまった。いつもなら美幸と共に夕飯をとっている時間だが、今日美幸は会社の飲み会でまだ帰宅していない。

勝手知ったる俺のマンションで小島はくつろぎながら酒を呷（あお）っている。結婚する前はたまにこうしてふたりで飲んだりもしたが、結婚してからは初めてだった。

「にしても、貴斗が仕事以外のことで連絡をまめにするようになるなんて誰も予想できなかっただろうな」

褒めているのか、貶（けな）しているのか。どっちみち酔っ払いの戯れ言だ。答えずにいると小島が問いかけてくる。

「お前は飲まないのか？」

「美幸を迎えに行くつもりだから今日は遠慮する」

間髪を入れずに返すと、小島は呆気にとられたような面持ちでこちらを見つめてくる。なにか言いたそうな表情に水を向けた。

「どうした？」

「いや、結婚したばかりのときとは、本当に別人だと思って」

そう告げる小島はどこか嬉しそうで、逆に毒気を抜かれた。

ただ奴の言い分を否定はしない。俺自身、美幸と結婚してこんなにも自分の中で変化があるとは思ってもみなかった。

会社を興し、独立する際に祖父が出してきた条件が結婚だった。俺自身、自ら結婚する気はないうえ、ふたりの兄は結婚していたので、祖父はひとり独身を貫きそうな俺が気になっていたのだろう。

そこまでして結婚させたいのかと思いつつ、知り合いの会社経営者の孫娘が相手だと聞かされ少し安堵した。相手も政略結婚だと割り切っているならちょうどいい。

ところが先方が見合い相手を同じ孫だからと変えてきたのには驚いた。

両親を亡くし、後ろ盾もない不憫な娘だと説明され、体(てい)よく押し付けられたのかと、わずかに苛立つ。

愛だの、理想の家庭だのを求められても鬱陶しいだけだ。

なにより最初の相手が、やんわりと従妹に回してこの縁談を断った理由も大方予想がついている。世界的に有名なGrayJT Inc.を経営する灰谷家の人間とはいえ俺は三男だ。微妙な立ち位置に、野心家であればあるほど取り入るのに尻込みする人間はいる。そこが楽なところでもあり、面倒なところでもあった。

正直、見合い相手のことはほとんど興味はなかった。だから誰に代わろうと今更だ。断る選択肢も一瞬過ぎったが、ひとまず一度会ってから考えても遅くはない。

どうせ結婚はしないとならないんだ。相手ももしかすると、立場的に強要されたのかもしれない。

そして新たに見合い相手となった美幸について聞くと、なんの偶然か彼女はGrayJT Inc.の子会社のひとつに勤務していた。これはこの縁談を受けた理由に関係しているのか。案外、俺に近づいて自分の立場を向上させようとしているしたたかな女性なのかもしれない。それはそれで面白い。

彼女はどんな面持ちでこの見合いにやって来るのか。誰でもいいと思っていた見合い相手だが、少しだけ美幸に会うのが楽しみになっていた。

迎えた見合い当日、現れたのは予想に反して純朴そうな雰囲気をまとった女性だった。振袖は上等のものだが、濃い化粧は正直彼女に似合っているとは言いがたい。無理して背伸びしているのがありありと伝わってきて緊張しているのが一目瞭然だ。

相手がどう出るのかと窺っていると美幸は挨拶もそこそこに頭を下げた。

「あの……ごめんなさい。私は祖父の会社のことはなにも知らないですし、今後関わる可能性もほぼありません。ですから会社との繋がりをお考えでしたら、この縁談はあなたのためにはならないと思います！」

それを最初に言ってしまうのかと少しばかり驚かされる。これは断ってほしいという意思なのか。

しばし考えを巡らせ、こちらに会社同士の繋がりなどはまったく意識していない旨を伝える。すると美幸は肩透かしを食らった顔をしておとなしく食事を始めた。

そんな彼女と軽くやりとりを交わし、自分なりに観察する。

両親を亡くしていると聞いていたが、悲壮感もなければ、押し付けられたであろうこの縁談に対する悲痛な感じもしない。物怖じせず自分の意見を伝えてくる姿勢は心地よく、こちらに媚びる素振りも結婚に理想を抱いている風でもなかった。

だから、というわけではない。美幸との結婚話を進めようと思ったのは。

お互いの条件があっただけだ。美幸は祖父から持ちかけられる見合い話に辟易していたところだったし、俺と結婚すれば金銭面でも立場的にも不自由はさせない。ある程度の婚姻関係を継続してくれれば、ゆくゆくは別れることを考えてもいい。

愛も恋もないし、こちらになにか期待されるのは御免だがそれもきっちり伝えておく。

とはいえ、美幸みたいな女性は、両親に憧れて恋愛を経て家庭を築きたいと思っているかもしれない。

「もちろん、君がゆくゆくは恋人を作って好きな相手と結婚したいと言うなら」

「いいえ」

念のために切り出した可能性を、美幸は今日一番の力強さで否定した。正直、この反応には面食らう。そして美幸は最終的に俺との結婚を承諾した。

彼女がどんな理由で結婚したとしてもかまわない。なにもかも自分の思い通りに事が進んでいる。

そう確信していたのに、いざ結婚して美幸と一緒に住み始めると予想外の事態ばかりだった。美幸は結婚している事情を伏せてほしいと言ってくるうえ特段なにかをほしがったりしない。会社での立場にも興味はない。

俺と結婚したという事実はそれなりのステータスになるだろうし、今まで苦労して手に入らなかったものをこの機会にほしがればいい。けれど一流ブランドの結婚指輪さえ喜ぶどころか困惑する始末で、美幸はそういった欲望とは無縁だった。

唯一、家事のことで意見されたが、彼女になにかをしてもらおうと思って結婚したわけじゃない。

無理に合わせようとしなくてかまわないので、こちらへの干渉も無用だ。

そんなある日、美幸が夕飯を尋ねてきたので俺は思わず身構えた。こういった場面は何度か経験している。俺が食事に気を使わないのを知ると、付き合っていた女性たちはしつこく手料理を作るからと申し出たり、さらにはすでに作っていた場合もあった。

美幸は俺の懸念を読んだのか読んでいないのか、おかしそうに笑い、続けて彼女が用意していた内容に正直驚く。

料理のできる美幸がわざわざレトルトを準備したのは、俺の生活スタイルを変えないように考えた末の彼女なりの気遣いだった。

気が抜けた俺は、美幸も一緒に食べるよう勧める。無理に合わせる必要はないが、わざわざべつに食べなくてもいい。

なにより美幸とならもう少し一緒に過ごしてもかまわないと思えた。

そうやって彼女と食事をしてみると思ったより心地いい時間になった。こちらに合わせてなのか、美幸はあまり感情で語らず理論的な話し方をするのも大きな要因だ。

言葉に詰まらせられた場面もあったが、逆に納得することもあり彼女の聡明さがよくわかる。そんな美幸は、ふざけているのかと思えば大真面目で、気づけば俺は会話を楽しんでいた。

「そして、私を嫌ってはいないってことが」

そうだ。恋愛感情がないとはいえ嫌っているわけではない。ただ今までの経験から女性には深入りしないようにしていた。相手になにかを望めば、こちらも応えなくてはならない。それが面倒だったから。

けれどそんな疑念も、美幸には不要だと自然と思えた。今まで周りにいた女性たちと一緒にするのは美幸に失礼だとさえ思う。彼女は誰にも似ていない。

気がつけば無自覚に俺は美幸自身に興味が湧いていた。

食事を共にする機会が増え、少しずつ美幸がそばにいる生活に慣れていく。最初に想像していたよりずっと、結婚生活は上手くいっていると思っていた。

それは美幸がこちらとの距離をきっちり保ち続けているからだ。有り難く思う一方、俺自身は今まで通りなにも変わらず、美幸に合わせる必要はないと高をくくっていた。

それが思い上がりだったと気づかされたのは、あの晩。

取引先との急なトラブルで仕事が押し、朝に告げていた予定が変更したのを美幸に連絡できずにいた。そもそも約束した覚えはない。きっと彼女も気にしていない。

そう自分の中で言い聞かせて帰宅すると、美幸は慌てて玄関まで駆け寄ってきた。切羽詰まった表情に、責め立てられると予測する。

ところが声を詰まらせた美幸の瞳から大粒の涙が溢れ出し、思わず息を呑んだ。いつも明るく朗らかで、しっかりしている彼女の剝き出しの感情を初めて見る。

どうして気づかなかったのか。両親が事故にあったとき、美幸は家に残っていたから巻き込まれずにすんだと聞いた。そうやって彼女はひとり残されたんだ。

「悪かった。早く帰るって言っておいて」

美幸の手を取り、謝罪の言葉を口にする。しかし彼女は受け取らなかった。

「ち、違うんです。私が、私が勝手に……」

非難してこちらに気持ちをぶつけてくればいいものを、美幸は自分の中で完結させようとしている。

必死で取り繕おうとする彼女を気づけば抱きしめていた。泣かせた罪悪感か、罪滅ぼしか。女性に泣かれることなんて今までもあった。けれどこんなに心が乱された経験はない。

細くて折れそうな肩を抱きしめて、自分が想像する以上のものを美幸はひとりで背負ってきたんだと実感する。

今、気づけてよかった。わずかでも彼女の本音に触れられたことに安堵する。

つらい経験をして平気な人間なんているわけない。美幸の精いっぱいの強がりと周りへの気遣いだったんだ。

もうあんな顔をさせるのは御免で、自然と仕事帰りに彼女に連絡するのが当たり前になった。それを苦痛だと思わないことに驚く。以前の自分なら考えられない。

理由を探してみたが、得られるのはシンプルな答えだけだ。ただ、笑っていてほしい。無理をしたり、気を使ってではなく美幸が笑顔でいてくれると俺の心が安らぐんだ。

どうしてなのか。そこまでは突きつめなかったが、ひとまず美幸の気に入りそうな結婚指輪を改めて贈ろうと決めた。

それなりの値段のする代物をこちらで勝手に用意したが、美幸は喜ぶどころか逆に恐縮していた。やはり彼女は今まで一緒にいた女性たちとは違う。金額やブランド名だけで判断しないし価値を測らない。

なら美幸はどんなものが好きなのか。彼女の意向を聞かなかったのを少しだけ悔やんだ。

結婚指輪など便宜上のものだと思い、無理につけなくてもいいと話した。自分もつけていない。ところが、今になって美幸につけてほしい気持ちが湧いてくる。

できればそれは結婚したからという義務ではなく、美幸自身が望んでつけてほしい。

そう目論んだはいいが、あまりジュエリーには詳しくないので、小島にいくつかのブランドやデザイナーの候補を探してもらうことにした。

思えば、誰かのためにここまでする時点で俺はとっくに美幸に惹かれていたんだ。はっきりと自分の気持ちを自覚したのは、珍しく美幸が前日に告げた通り休日に出かけた日だった。午前中で仕事を終わらせ帰宅すると、美幸の姿はなく小島が来ていた。

俺の顔を見るなり、小島は仏頂面になる。

「お前な、忙しいのもわかるけれど結婚してるんだし指輪を用意してやるより先に墓参りくらい一緒に行ったらどうなんだよ？」

「なんの話だ？」

突拍子もない話題に眉をひそめる。すると小島は急に納得した面持ちになった。

「あー。そうか、お前には言ってなかったのか」

「どういうことだ？」

苛立ちを含めた声で尋ねると、小島は美幸が出かけたのは両親の墓参りだという旨を告げてきた。その内容に少なからずショックを受ける。私用と片付けるほど気軽なものには思えず、結婚している間柄なら知っておいてもいいんじゃないか。

そう感じるのは相手がきっと美幸だからだ。ところが、彼女は俺には一言も話さなかった。

「……なんで美幸は俺に言わなかったんだ」

「お前だってどこに行くのかって聞かなかったんだろ」

ほぼ無意識に口に出た問いに間髪を入れない返事があった。その指摘に返す言葉もない。押し黙っている俺に対し、小島は皮肉めいた笑みを浮かべた。

「貴斗の言った通り、廣松もお前になにも期待していないんだよ。あいつ、周りに気を使わせるからって大学では両親の話をほとんどしなかったんだ。無意識に他人と壁を作るのが当たり前になっていてさ……どうだ？　お前の希望通りの相手だろ？」

そうだ、といつもなら躊躇いなく答えた。美幸とは割り切って結婚した。深入りするつもりはないし、彼女もけっしてこちらに踏み込んでこない。それが俺にとっての理想の結婚だった。けれど、このときばかりは小島の言い分に素直に同意できない。

不意に昨日の美幸とのやりとりを思い出す。

『あの、貴斗さん』

『どうした?』

『……いえ、なんでもありません』

違う。美幸は言おうとしていたんだ。俺が言わせない雰囲気を作っていた。彼女を責めているわけじゃない。見抜けなかった自分に腹が立つんだ。

「あいつの境遇に同情して、気にかけているのなら余計なお世話だぞ」

「なんだって?」

小島の発言で我に返る。眉をつり上げて聞き返すが、そこで怯むほど付き合いが短いわけじゃない。案の定、小島は飄々と続けた。

「かわいそうだって憐れみで優しくされるなんてあいつが一番嫌うものだからさ」

「そんなつもりはない」

「なら、お前はどうしたいんだよ?」

迷いなく即答したものの次の質問は答えに窮する。

かわいそうだって？　美幸自身が自分を不幸だと思っていないのに、他人がなにかをしてあげたいと押し付けるのはただのエゴだ。そうじゃない。……なら、俺は美幸になにを求めているんだ？

思考を巡らせていると小島が仰々しくため息をつく。

「お前の育った環境を見てると、期待されるのが鬱陶しくて人の好意を素直に受け取らないのもわかる。でもな、みんながみんな、見返りがほしいわけじゃない。ただ好きだから、笑ったり喜んでほしくて必死になる場合だってあるんじゃないのか？」

こいつからこういった類の説教は何度もあったが、理解も共感もできず聞き流すだけだった。でも今は馬鹿らしいと一蹴できない。

『貴斗さん、ありがとうございます』

ああ、そうか。美幸の笑顔が浮かんで、腑に落ちた。

美幸のためじゃない。笑ってほしいと思うのは、全部俺の意思だ。

自分なりの回答を見つけて小島に美幸の両親の墓地の場所を聞き出す。すぐさま俺は彼女の後を追った。

仕事が一番大切で、やりがいがある。優先するのは当たり前だった。こんな性格だから異性との付き合いは長続きしたためしがない。

恋人だからとなにかを強要されたり、無神経に踏み込まれるのは願い下げで、執着を見せることもなかった。元々自分はこういう人間なのだと割り切っていた。

けれど美幸だけは違う。なにをすれば喜ぶのか、なにが好きなのか。知りたいんだ。時折見せる寂しげな表情の理由も。

距離の縮め方、どの塩梅で相手に踏み込んでいいのか、具体的な方法などわからない。とにかく今は美幸をひとりにしたくなかった。

そうやって目的地にたどり着き、俺を見つけた美幸は大きな目をこれでもかというほど見開いて驚いていた。何事かという表情の美幸と短くやりとりし、ややあって彼女は笑った。

美幸の笑顔を見て、ここに来たのは間違いではなかったと確信する。いつもより饒舌なのは両親の墓前だからか。嬉しそうに両親の話をする美幸に安堵する。

「私、このあとまだ寄るところがあるので、お急ぎでしたら貴斗さんは先に帰ってくださいね」

無事に墓参りを終え、美幸が切り出した。ここで俺は少しだけ迷い、ややあって彼女に尋ねる。

「どこに行くんだ？」

昨日までの自分なら納得してそのまま帰宅しただろう。でも美幸のことを知りたいと思ったんだから、ここはもう少し踏み込んでみる。なによりまだ一緒にいたいんだ。

結局、こちらの心の機微など微塵も悟られず美幸は律儀に返してきた。

俺の複雑な心情が伝わらないことに安心する一方で残念にも感じる。まったく身勝手な話だが。

彼女の知人の店を訪れ、美幸自身や彼女の両親の話を聞く。店主とは旧知の仲だからか、美幸はどこかリラックスしていた。

新たな彼女の一面やエピソードを知る中、自然とこちらにも話題が向く。

「俺は兄たちに比べたら、跡を継がなくてはならないわけでもなく、灰谷家の恩恵を享受してわりと好きに生きてきた。三男は気楽な立場さ」

家の話になると、どうしても皮肉さを交えてしまう。

自分という人間を語るうえで一族や会社での立場は切っても切れない。ましてや三男となると周りの印象はたいてい似通ったものだった。

「そうですか？　一番、難しい立場だと思いますけれど」

ところが美幸は予想外の意見を返してきた。それでいて妙に納得できるのは、彼女が自身の経験に基づいて自分の言葉で考えを述べるからだ。

そこに余計な忖度や下心はない。

思えば初めて会ったときからそうだった。見合いの席でも美幸は俺が灰谷家の人間だとか三男だとか関係なく、俺自身を見てそのときに抱いた印象で素直に話していた。だから彼女がそばにいるのは心地よくて、会話や質問が苦じゃない。

結婚という名目がほしかっただけだが、いつの間にか美幸以外がそばにいることは考えられなくなっていた。

幸せになってほしいのではなく、俺が今よりずっと幸せにしてみせる。他の誰とも似ていない彼女だから。

これからも美幸自身が望む形で、俺のそばにいてくれるだろうか。

傷つけて、泣かせて、また彼女をひとりにさせてしまいそうになって、ようやく自分の気持ちを自覚できた。自分の無能さに呆れるしかない一方で、これから挽回してみせると強く決意する。期待をしない、されない関係は終わりだ。

少しずつ美幸との距離を縮ませて、彼女に触れて口づけを交わす仲にはなった。美幸は抵抗せず受け入れる姿勢を見せるが、純粋に喜べない。

相手が俺だからなのか、結婚した相手だからと割り切っているのか。美幸の本心が読めない。そもそも割り切った結婚を提案したのはこちらの方だ。美幸はなにも悪くない。まだ彼女との間に見えない壁があるのを感じ、頭を抱えていた。

自分からこんなにも誰かを求めた経験がないので曖昧にしか関係を進められないのがもどかしい。その反面この気持ちは、もしかすると彼女の重荷になるだけかもしれないとの不安があった。だからといってこのままでいいとは思わない。

そして美幸のために新しく用意した結婚指輪がようやく手元に届き、改めて彼女に自分の気持ちを伝えようかと考えたあの日、予想だにしない出来事が起こった。

見覚えのない電話番号から着信があり、訝しげに出ると美幸の従姉からだった。昨晩、初対面を果たしたが元々の見合い相手という認識さえないほど自分の中で彼女に対する印象はほぼない。

そんな彼女が自分になんの用なのか。続けて彼女の口から、美幸と別れて自分と結婚してほしいと持ちかけられ唖然とする。

どうせ美幸とは政略結婚だろうと言ってきたのは否定しないが、美幸と別れるつもりは毛頭ない。馬鹿馬鹿しいと返そうとしたが、すでに美幸には話してあると聞かされ衝撃が走った。

美幸はどう思ったのか、なにを考えたのか。

仕事を切り上げて帰宅すると美幸の姿はなく、残された書き置きを見つける。律儀な言い回しが彼女らしいが、冷静ではないことくらい伝わる。

どこに行ったのかと思案する中、美幸の言葉を思い出した。

『父と母に話を聞いてほしくなったら、ここか家族で住んでいたマンションの近くまで足を運んだりするんです』

そこにいてくれるだろうか。どちらにしろ彼女はきっとひとりだ。誰かを頼ったり甘えることが苦手で、全部自分だけで抱え込む。

『すごく不安で寂しくて、泣いちゃったんです』

『父にもそう言って叱られました。必ず探しに行くから迷子になったらじっとしてろって』

美幸をひとりにしないって決めた。これからは俺がそばにいて、どこにいても迎えに行く。俺の妻なんだ。

迷ったのは一瞬で、俺はすぐに美幸の従姉に再び電話をかける。その後で昨日紹介された彼女の婚約者にも連絡を入れた。

最初はこちらの結婚の条件を満たせる相手なら誰でもよかった。

でも今は違う。美幸以外は考えられない。誰よりも大切で愛しているんだ。

『今まで当たり前だった生活をいきなり変えるのってすごく大変ですから』

あのときの美幸の言葉は、自身の過去から言っていたんだ。両親が亡くなり、彼女を取り巻く環境は否応なしに大きく変わったはずだ。

けれど変わるのは悪いことだけじゃない。それは美幸が教えてくれた。

だから自分たちの関係が変化してもいいんじゃないか。一歩踏み出せてよかったと自分だけではなく彼女にも必ず思わせる。一生かけて。


「じゃあ、俺そろそろ帰るな。廣松によろしく」

強めの酒を飲んでおきながら顔色ひとつ変えない小島は、機嫌よくマンションを後にしていった。時刻は午後十時過ぎ。そろそろ美幸から連絡があるかもしれないと思い、携帯を取り出す。

いざ自分が彼女を待つ身になると、なかなか心配で落ち着かない。この感情は美幸と結婚して初めて知った。

一度連絡をしてみようかと思ったのとほぼ同時に玄関の鍵が開いた。

「ただいま戻りましたー」

美幸が上機嫌でドアを開けたかと思えば、玄関先に立っていた俺を見て目を見開く。

「た、貴斗さん。どうしたんです?」

酔いが瞬時に覚めたといった調子で美幸は慌てだした。俺は軽く顔をしかめる。

「それは、こっちの台詞だ。迎えに行くって言わなかったか？」

「でも、今日は小島先輩がいらっしゃると聞いていましたし、ちょうどお店の前にタクシーが停まっていたので……」

しどろもどろに言い訳する美幸は叱られた子どもみたいに頭を下げてしゅんとする。その姿が可愛らしく、口元が緩みそうになるのを誤魔化す。

「ごめんなさい。私のせいで飲まずにいてくれたんですね」

「謝らなくていい」

こちらの事情など知る由もない美幸に、ついぶっきらぼうに返してしまった。おかげで彼女の顔は晴れないままだ。

自分のこういうところが憎いと思いつつ靴を脱いだ美幸にさりげなく尋ねる。

「楽しかったか？」

その質問で美幸の顔はぱっと明るくなった。

「はい！　みんな、サプライズでケーキまで準備していて結婚をお祝いしてくれました。すごく嬉しかったです」

今日の職場の飲み会の目的は、美幸の結婚祝いがメインだったらしい。彼女の頭にそっと手を置く。

「よかったな」

「貴斗さんのこと、たくさん聞かれて困っちゃいましたけれど」

続けて肩を抱き、困惑気味に笑う美幸をリビングまで促す。

「どれくらい飲んだんだ？」

「空腹を避けて甘めのカクテルを二杯ほどいただきました」

なら許容範囲か。こういうところを小島に過保護だとからかわれるが、本人には黙っておく。心の中で納得しているとダイニングテーブルの上に置いたままになっているグラスを目にして美幸が切羽詰まった顔でこちらを向いた。

「あの貴斗さん、もし飲まれるのなら今からでもどうぞ。私、少しなら付き合いますよ」

なにを心配しているのかと思えば、俺が飲まずにいたのを気にしているらしい。

「べつにいい」

「でも」

食い下がる美幸に不意打ちで口づける。案の定、美幸は言葉も動きも止め目を瞬かせた。そんな彼女の頬に触れ、低く囁く。

「酔うならこっちの方がいい」

再び唇を重ねると、ゆるゆると目を閉じて美幸はキスを受け入れた。

腰に腕を回し密着させ、より深く求めるとぎこちなくも応えようとする。その仕草がいちいち愛らしく欲を煽られ、かすかにアルコールの味がする魅惑的な口づけに溺れていく。

「っん……んん」

キスの合間に、職場仕様にまとめている美幸の髪をほどく。すると癖のあるやわらかい髪が広がり、指を通してその感触を楽しむ。

どんな髪型でも可愛いが、下ろしているときが一番無防備で素の彼女らしくて好きだった。頬にかかる髪をそっと耳にかけて優しく触れると彼女の肩が震える。

もっと欲しくなりそうなところで力なく胸を押され、名残惜しく美幸を解放した。

改めて彼女の顔を見ると頬は赤みを帯びて瞳は潤んでいる。

「やっぱり飲み過ぎたんじゃないのか？」

「……これは、貴斗さんのせいです」

からかい混じりに指摘すると美幸は頬だけでなく顔全体を赤らめる。なにか言おうとする前に隠れるように力強く抱きついてきた。

「今日、会社の人に貴斗さんと結婚できて幸せだねって、言われました」

それはどういう意味で言ったのか。いつもなら言葉に含まれる裏を読もうとしてしまうが、美幸は素直な気持ちで受け取っている。

「私、幸せ者です」

そうやって続けられた声には嬉しさが滲んでいて、おかげでこちらもつられて笑顔になった。

「逆だな。結婚して美幸が俺に幸せを運んできたんだ。なんたって美幸は魔法使いらしいから」

その言い方に美幸はおもむろに顔を上げて苦笑した。

「貴斗さんのご家族は大袈裟ですよ。私、なにもしていませんって」

美幸はそう言うが妙に的を射ている気がする。美幸と結婚して、彼女が俺を変えたんだ。こんなにも幸せで愛しいという気持ちを教えてくれた。

こちらに身を委ねている美幸の頭を優しく撫でる。次の瞬間、美幸と視線が交わり反射的に唇を重ねた。

「おかえり、美幸」

続けて言いそびれていた言葉を口にする。彼女の大きな瞳が一瞬揺らぎ、すぐに笑